# D－闇の魔女歌

吸血鬼(バンパイア)ハンター37

菊地秀行

朝日文庫

本作は二〇一九年七月～二〇二〇年五月、「一冊の本」に
掲載されたものに加筆しました。

# 目次

第一章　風を視たもの……7
第二章　播き散らされる死……43
第三章　〈新種〉……80
第四章　〈都〉からの刺客……113
第五章　路傍の死……149
第六章　領主にあるまじき……188
第七章　影の変容……225
第八章　歌声去りゆきて……257

あとがき　280

# 吸血鬼（バンパイア）ハンターDの世界

遙か遙か未来の地球。人類は核戦争の末に衰退し、代わって〝貴族〟と呼ばれる吸血鬼たちが高度な科学文明を駆使し、全生命体の頂点に君臨していた。しかし吸血鬼の食糧と化した人類も反旗を翻してふたたび〝貴族狩り（ハント）〟を始め、荒廃した大地の上で、貴族VS人間の争いは激しさを増していた。

吸血鬼と人間の間に生まれついた混血種（ダンピール）のDは、究極の吸血鬼ハンターである。様々な依頼主に雇われては貴族狩りを遂行するDの出自の謎とは？　この世界の隠された秘密とは？　そしてDの運命の行方は？　今日もまたDの旅は続く――。

# 『D－闇の魔女歌』登場人物

## D

長身痩軀。完璧な強さと美貌を兼ね備えた貴族ハンター。
その左手は別の人格を持ち、嗄れ声で話をする。

## Dの出会う人物たち

**ケルト・アマミン**／凄腕の女武器職人。恋人シュドウを殺したローランヌを討とうとDを雇う。

**エレノア・ウィチャリー**／美貌の持ち主。触れた人を〝貴族〟にする恐ろしい力を持つ。

**ボリス・ウィチャリー**／エレノアの夫。妻のためにある力を身につけ……。

**ローランヌ男爵**／〈神祖〉が重用していた貴族と言われるが、正体は謎に包まれている。

**チャドス・アラート**／ローランヌ男爵の守り人。

**オズワルド・ウィルク**／〈都〉の防衛省官僚。長官に次ぐ実力者。

**ジェルミン・ウィルク**／〈都〉の防衛省に所属する特別調査官。ウィチャリー夫婦を追っている。

**ブリギッテ**／空中芸人の美少女。「怪物座」で絶大な人気を誇る。

**クールベ**／「怪物座」座長。

イラスト／天野喜孝

# 第一章　風を視たもの

## 1

彼女は、長いこと風の音を聴いていた。

その速さも、何処から吹きはじめ、何処を吹き抜け、何処まで吹き渡るのか――考えたこともない。

その音だけがある。

時折、名前らしい音の列が耳に届く――

ケルト。

それを口にする者は、必ずこう続ける。

いつまでも悲しんでいたって始まらん。

亭主を貰って仕事に励め。

村いちばんの武器作りがそれでは、みな困る。

誰ひとり、同じ風に吹かれたことのない者たちの、緩(ゆる)みきった言葉。

それが何日も何ヶ月も続いた。

突然、異物(ミユータント)が現われた。

あれは、村で爪弾(つまはじ)きされている、名前も知らないホームレスの声に似ていた。

「そんなに辛いなら、そうさせた元(もと)を断て。おまえの武器を使えば、きっと上手くいく。女ひとりで自信がなければ――ハンターを雇え」

いっとき――風の音が熄(や)んだ。

すぐにまた鳴りはじめたが、前よりずいぶんと小さな音に変わっていた。

これくらいの風なら、と彼女は思った。

半旗もまた掲げられる。


彼女が、住いから五〇キロも離れた〈東部辺境区(セクター)〉の寒村――その西の外れに建つ廃屋を訪れたのは、陽ざしまで冷たい冬の午後であった。

噂で聞いたとおり、目的の男は、大きな納屋の片隅に積まれた藁(わら)の山の中に黒衣の身を横たえていた。

納屋の戸口から一歩踏みこんだ途端に、感じたことのないものが、しなやかな身体を石に変えた。

これが、巡回商人から聞かされた鬼気というものかと思った。本当の地獄を見たものだけが醸し出せる雰囲気だと、商人は震え声で言った。

横たわった相手に陽光は届かなかったが、全身は見えた。

影か、と思った。

黒いコート、黒い手袋とブーツ、そして、黒い旅人帽（トラベラーズ・ハット）を顔に乗せている。

長剣は、右の肩にもたせかけてあった。

ひどい呼吸困難に襲われて、ケルトはその場に立ちすくんだ。

別の旅商人から聞かされた言葉が甦（よみがえ）った。

あいつらを滅ぼしに行った連中の中で、精神（こころ）も身体も他人の十倍強い連中だけが、あいつらの墓の前まで辿り着ける。墓の蓋は意外と簡単に開くそうだ。

「だが、彼らが戻って来たという記録はほとんどない。ごくごく少ない生き残りに言わせると、墓の中に横たわっているあいつらは、どいつも恐ろしく美しく見えるという。人間の理解できる美しさじゃねえ。生命を失って、それでも生きてるあいつらだけの美しさだ。

人間はそれに見惚れちまう。そうして、杭（くい）も打てず、首も落とせず突っ立ってる間に、時が経ち、陽は暮れて、あいつらの眼醒（めざ）めのときが来る。それでも人間（ひと）にはわからねえ。やがて、眠ってたあいつらの瞼（まぶた）がぱっちりと開き、眼と眼が合ったら——おしまいだ。あいつらの仲間がまた増えるのさ」

——それと同じなのか、と彼女はぼんやり考えた。

でも、この男は——ハンターだ。〈辺境〉一の貴族ハンターだ。なのに、どうして？

手の打ちようもなく立ちすくんだ耳に、低い鉄の声が、

「何か用か？」

と聞こえた。呪縛が解けた。

安堵のめまいから倒れかかる身体を、彼女は何とか支えた。

「——Dさん？」

帽子の下の顔が、確かにうなずいた。

「私はケルト・マミアン。タドニューブ村の武器屋です。貴族を滅ぼして下さい」

「貴族の名は？」

「ローランヌ男爵です」

「理由は？」

「仇討ちです。彼の」

「………」

「聞いて下さい」

半年前にそれは起こったとケルトは話し出した。

貴族につきまとう奇怪な現象のひとつ――〝移動地所〟によって、村の北の荒野に忽然と貴族の館が出現したのである。

村人の不安をよそに、城の内部には夜ごと明りが点り、華麗な舞踏会に欠かせぬワルツが流れ、イヴニング・ドレスと燕尾服の人影が窓辺を横切った。

三日経ち、七日が過ぎ、ひと月を経ても別世界の享楽は変わらず、村人たちは怖れ慄いた。

不安のあまり精神を病んで倒れる女たちが続出し、村長はついに、貴族討伐の断を下した。

「昼の間に貴族を斃せと、一〇人が選ばれ、その中に私の彼――シュドウ・ベネディクも入っていたのです」

彼を選んだのは村長をはじめとする村のお偉いさんたちの陰謀だと、ケルトは言った。

「彼が加わったら、私は武器を只で提供しなきゃならなくなる――そう考えたに決まってるわ。仕方がない。出しました。彼の分だけね。翌日、奴らは、ざまあみやがれと留飲を下げたでしょうね」

翌日、城は夢のように消えていた。置き土産は、夜のうちに植えられた三メートルもの杭に股間から口腔までを貫かれてぶら下がる襲撃部隊の面々であった。シュドウもそのひとりだった。

「荒地に風だけが吹いていたわ。私の胸の中にも同じ風が吹いていました。杭と死骸の間を巡っていた風よ。あいつは、その風に乗ってやって来た。そして、同じ風に乗って去って行ったのよ」

　そして、いまやっと仇を討つ気になったと、ケルトは激しい光を眼に宿らせた。

「〝移動地所〟は所有者の意志で転々とする。いまいる場所がわかっても、出向いたときには移っているかも知れんぞ」

　とDは応じた。

「そしたら、また追いかけます」

「相手は不老だが、おまえは年を取る。一生会えんかも知れん」

「それでも行きます。たとえ骨が灰になっても、男爵を斃さずにはおきません」

「女の手でか？」

　奇妙な表情が、娘の白い美貌をかすめた。

「貴族の息の根を止めるのは、私の手じゃないわ。私の作った小道具です」

「ほお」

　これを聞いた途端、ケルトは悲鳴に近い声を上げて、立ちすくんだ。

「その声――誰よ？　腹話術を使ったの？」

「見せてもらおう」

　最初の声に戻っても、ケルトはすぐに反応することが出来なかった。

「どうする？」

Dの声であった。ケルトは息を吐いた。その間に精神を立て直した。

ケルトは小さくうなずいて、肩にかけた布袋を下ろし、口の紐をほどいて、細長い板の上部に何本もの針金を引っかけた品を取り出した。長銃に似ているが、長さは約半分で、銃身もない。

「よく見てて下さい。的はあれ」

納屋には三本の角柱が天井を支えていた。その一本を指さし、横一列に見える位置まで移ると、ケルトは長銃を構える要領で肩付けした。

太さ五〇センチの柱は三メートルほどの距離を置いて並んでいる。

見た者がいれば、例外なく、貴族や妖物の首と胴を輪切りにする飛行鋼線だと考えたろう。だが、それらはことごとく銃内部のガスボンベから噴出する高圧ガス、或いは同じ動力による発条の力で投擲され、飛翔距離は約五〇メートル、有効射程距離は二〇メートルにも達しない上、命中率は三割とされる。鋼線には刃をつける必要があるため、直進は極めて難しい。護身用としてもプロのハンターは決して使わない代物だ。

だが、この娘の武器はどう見ても、引き絞られた鋼線自体が飛んでいく——輪ゴム鉄砲と同じとしか思えなかった。

「射ちます」

声の後にひと呼吸置いて、びん、と鋭い音が飛んだ。

何も起きた風には見えなかった。奥の板壁にかすかな打撃音が生じただけである。

ケルトはすぐに武器を下ろした。

「見てみます？」

と訊いた。

「三本すべて断ったの」

と、ケルトを驚かせた声が言った。それは明らかにDの左手のあたりから放たれていた。

「仕掛けは鋼の糸だ」

Dの指摘と気づく前に、ケルトの口から洩れたのは、驚愕の呻きであった。

「――わかるの!?　そのとおりです」

それはDの眼に狂いはないことを物語っていた。

「私の家には、貴族の文明以前の超技術が伝わっているんです。あの伸縮する金属の糸の作り方もそのひとつ。何種類かの金属を溶かしてある割合で混ぜ、秘伝のやり方で冶金錬鋼（やきんれんこう）すると、後は自然に冷やすだけで、それ自体が刃のような糸が出来上がります。これはゴムのように伸び、冶金時に切れ目を入れておくと、ある速度で打ち出された場合、切れ目の位置や深さによって自ずと切れ、一本の糸となって、前方のあらゆるものを切断するのです。人も岩も火竜の装甲も」

「柱から柱まで都合一〇メートル超じゃ」

左手が言った。

「大したもんじゃ」

「お願いしてもいいですか？」

ケルトは、強い視線と口調をDに向けた。

「言ってみろ」

「あなたの技を見せて下さい」

「ダメじゃの」

「あなたに頼んでないわ、ダミ声さん」

「むむ」

怒りの声がつぶれた。ケルトに次の言葉を吐かせたのは、Dの口もとに心なしか笑いのような翳がかすめたと思ったからである。

「私は彼から貴族は必ずしも邪悪なばかりの存在ではない、と聞かされて来ました。あれだけ凄い文明を築き、空の果てまで旅した者たちが、単なる悪鬼であったなら、存在自体が許されるはずがないと、彼はいつも口にしておりました。私もいつの間にか、そんな気がして来たのです。それが――」

ケルトは眼を閉じた。睫毛が震えている。閉じた瞼の間から光るものが頬を伝わった。

「遺体をひと眼見て私は気を失ってしまった。気がついたときは埋葬が終わっていたのです。

そのとき――」

　風の音が聴こえました。

「風の音」

　それはどちらのつぶやきであったろうか。

　それからずうっと、耳から離れないとケルトは続けた。

「その音からは何もわかりません。強い風なのか速い風なのかも。でも、彼の死を眼のあたりにしたときから、鳴りつづけているのです。何処から吹き、何処まで吹き渡るのかしら。わかることはひとつだけ――」

「貴族を滅ぼせば熄む、か」

「はい」

　娘はうなずいた。Dを見つめる眼に、その可憐な貌からは想像も出来ないある光が点っていた。

「必ずこの手で、ローランヌの首を断つ。いまの私を生かしているのは、その思いだけ。失敗は許されません。だから、あなたの技が見たいのです。貴族退治の同胞として」

「仕事を受けるとは言っていない」

　ケルトもやっと気づいた。

「ごめんなさい。あなたに会う緊張で、肝心なことを――男爵退治に付き合って下さい」

ぺこりと頭を下げた。

上眼遣いに見ると、黒い姿はぴくりとも動かないようであった。

駄目か。

絶望が身体中に行き渡った。

眼を閉じたとき、背後で足音がした。

ふり返って、ケルトは眼の玉が落っこちるかと思った。

Dが柱の方へ向かって行く。あわてて追った。急に足を止めた。Dが止まったのだ。

こちらを向いたとき、ケルトははじめて彼の顔を見た。

それから後のことはよく覚えていない。

確か、こう言われた。

「おれを射て」

と。無論ためらったが、反抗は出来なかった。引金を引いたときさえ、気遣いも闘志もなかった。

光を見た。

Dの右肩から斜めに迸(ほとばし)ったのは、夢だと言われればうなずかざるを得ない、一瞬の閃光であった。

それだけだ。Dがこちらへ歩き出しても、感想は浮かばなかった。

あの鋼線が切断できるはずはない。あれは地面に突き刺した刀身三〇本を一瞬で切断し、背後の鉄アザミの幹を切り倒してのけたのだ。

鈍い驚きに押されて、ケルトは左右の柱を見て廻った。どちらも、二度切り抜かれていた。凄まじい恐怖に、一瞬我に返ったのは、その刀痕が鋼線のものと寸分の狂いもなく平行に走っていたことだ。間違いない。鋼線は断たれた。だが、断たれたそれはうねくりしなる。この傷痕は——どういうことか。

恍惚と戦慄と——牙を剝き合う荒波に身体機能を狂わせ、ケルトはその場に片膝をついた。

「望みは叶えた」

とDが声をかけた。

「おれを雇うか？」

「雇います」

ケルトは虚ろな自分の声を聞いた。

この男（ひと）と旅をする——何処か熱い思いの中に、途方もない場所へ連れて行かれるような危うさが揺れていた。

# 2

夕刻まであと二時間ほどという時刻に、その馬車はやって来た。

六頭立ての黒馬にふさわしく、馬車自体も漆黒に塗られていた。どう見ても貴族の馬車である。

村の西の門で、監視櫓に上っていた村人たちは、まず舌打ちし、それから驚愕の表情を見交わした。貴族の品を日常的に使用する連中は決して珍しくはない。どの村にも何人かいるし、エネルギー関係の製品は、例えば冬の間、大地を暖め、四季を通じて新鮮な野菜を提供もしてくれる。だが、それはあくまでも陰の存在としてだ。馬車のような、誰の眼にもつく品を他村への訪問に使用すれば、まず嫌悪の情を煽り立てるだけだ。監視員たちの舌打ちはそのせいであった。

それなのに眼を剝いたのは、馬車の横につけられた紋章のせいだ。

「ウィチャリー家の人間か⁉」

それは、全〈辺境区〉に勇名を轟かせる名家の象徴であった。苛酷な生活を強制される〈辺境〉の人々の価値観は、名前や家柄を歯牙にもかけぬ。

名家たる由縁はただひとつ——貴族の討伐にいかなる成果を挙げたか、だ。

三千年前の〈大反抗〉に際して、ウィチャリー家の当主・ザルドスは、四つの〈辺境〉を駆け巡って討伐隊を組織したばかりか、主要貴族との闘いで常に先陣を切った。彼の叫びは、

「行け！」

　ではなく、

「（我に）続け！」

　であった。

　この〈大反抗〉は対貴族戦争の歴史において、〝惨敗〟の評価を下されている。主要貴族のひとりとして、討つことが出来なかったのだ。だが、戦う者への評価は必ずしも勝利にのみはよらぬ。その戦いぶりは、ザルドス・ウィチャリーの名を誰よりも高め、部下たちの撤退の後を守って戦死したその姿勢によって不動のものとした。後に「貴族歴史研究センター」が、ウィチャリー家に紋章と、〈辺境〉〈都〉を問わず、あらゆる土地への無料通行を許可したのもむべなるかな。

　その紋章が、いま、防禦(ぼうぎょ)柵の前にかがやいていた。

「村長に知らせろ――門を開けろ」

　馬車が入ると監視員は、

「お待ち下さい。いま、村長が参ります」

　と告げた。

それこそおっとり刀で駆けつけた村長と村の長老たちは、すでに馬車を下りたひと組の男女に、何度も頭を下げた。

名を名乗る彼らに対して、

「ボリス・ウィチャリーです。こちらは妻の――」

「エレノアと申します」

夫の方も二〇代はじめの血気に溢れる好漢に見えたが、その妻のひっそりと微笑みかける夕顔の花に似た儚い美しさに、居合わせた者は陶然となった。

ひと休みしてこのまま旅を続けたいというボリスへ、村長はウィチャリーのご当主が逗留する名誉を与えて下されと請い願い、なおも固辞するボリスにエレノア夫人が、

「お申し出を受けませんか?」

夫はようやく折れた。

二人は村長の家に招かれ、その夜は盛大なパーティが挙行されたのである。

夫婦の印象は誰にも好感を抱かせたが、とりわけエレノア夫人の笑みと立ちふるまいは、握手の申し出をこらえる男たちを半ば発狂させるに足りた。

パーティが終了したのは九:〇〇Nであった。外へ出た村人たちは、夜空の月を見て、満月だと知った。月の中に初対面の夫人の顔がかがやいていた。

ウィチャリー夫婦は、翌日の早朝に村を発ち、男たちを絶望とそれによる無気力の時間に追

い落とした。

彼らが復活したのは、さらに二日後の晩であった。

かのパーティに出席した男女が次々に倒れたのである。

彼らはそれから昏々と眠りつづけ、以来、眼を醒まさなかった。

さらに数日後、医師と自警団の調査によって、全員が、エレノア・ウィチャリーと握手という形で接触していたことが判明した。

「何らかのウィルス乃至呪いによるものだ」

医師のこの宣言に、人々は例外なく、馬車が去って行った方角を見つめた。

ひとりも知らなかったが、その道の遙か彼方には、ある貴族の城がそびえているのだった。


「ねえ、あなた」

走りつづける馬車の中で、妻は夫に訊いた。夫には次の言葉がわかっていた。

「私――どうなるのかしら?」

何万回と耳にした言葉。決して慣れない言葉。彼の返事は少しずつ違う。昨日は、

「何とかなるよ」

今日は、

「じきに治る。治してくれる方のところまで、あとしばらくだ」

「私、それまで保つかしら？」

「大丈夫。死なせやしない」

そして、夫は妻に近づき、髪の甘い香りを嗅ぐ。指一本触れはしない。触れられない。治療が済むまでは。

大丈夫――他にどんな言葉があるだろう。だが、夫は嘘をついてはいなかった。

妻の病の救いは、道の彼方にあるのだった。


陽が落ちるとすぐ、前方に野営の明りが見えた。

旅に出てから二日が経っている。この辺は貴族や妖物の出没が極めて少ない〈安全地帯〉であった。月の表面を翳させる夜鳥の姿もない。旅人たちの気がゆるんでも仕方がなかった。

「大丈夫かしら？」

ケルトの声には緊張の糸が張られていた。野営の主が善意の塊とは限らない。武装強盗団、野盗、お尋ね者、山賊等の可能性の方が高いのだ。

「いいや」

嗄れ声が、ケルトをぎょっとさせた。Dと歩み出してから、一度も聞くことはなかったのだ。聞き違えではなかったのか、と思いはじめていたくらいである。

「わかっておるな？」

Dに向けた問いである。返事はない。

「ねえ、どうしたの？」

これも相手はDだ。不安がケルトの胸を蝕(むしば)みはじめていた。

「ひとりは歌い、ひとりは泣いておる。危険はなさそうじゃ」

と言われても、黒く重いものは消えなかった。第一、歌なんて聴こえない。

Dは馬を進めた。ケルトには何も言わなかった。

焚火(たきび)の炎が、木立ちにつながれた二頭のサイボーグ馬と倒れた女のそばに座りこんだ男をはっきりと照らし出したのは――数分後であった。

どちらも戦闘服を着て、男の方は火薬銃と長剣を吊っている。ただの旅人ではない――戦闘士か、或いは。

蹄(ひづめ)の音に気づいたか、男が弾かれたようにこちらを向いた。右手は火薬銃にかかっている。

二人を見上げたごつい髯面(ひげづら)には、涙が光っていた。

「手配書にあったの」

と小さな声が言った。

「確か、夫婦の殺人強盗だ。ベイグ・ソムトウとリンダ・ソムトウ、賞金は各々五〇〇ダラス――いい小遣い稼ぎになるぞ」

「何を見てやがる？　さっさと行け！」

男――ベイグ・ソムトウが街道の方へ拳銃をふり廻した。銃口はしかし、すいとDを向いた。

「そうだ――何か薬はあるか？　持ってたら出せ」

「風邪薬ぐらいじゃぞ」

一瞬、声のミスマッチに眼を剝いたが、ソムトウを襲う動揺と悲しみは、すぐにそれを忘れさせた。

「――女、おめえはどうだ？」

「まず、診せてもらえる？」

とケルトが馬上から訊いた。

「医者じゃあないけど。看護師の真似をしたことがあるわ」

「下りろ」

ベイクを覆う翳が吹っとんだ。夜眼にも陽灼けした顔に広がったのは希望だった。

ケルトは馬を下りて、サドルバッグを外し、ゴーグル付きの防毒マスクをかぶり、強化ビニールの手袋をはめてから女に近づいた。

あと一メートルというところで、鼓膜がかすかにふるえた。これか、と思った。

風よ、名前を聞かせておくれ
誰の子なのか、何処から来たのか

どうして私を選んだの？

ケルトは男――ベイクを見つめた。彼はうなずいた。

「歌いはじめてすぐに倒れたんだ。それまでは普通だったのによ。それからずっと三日間、歌いっ放しさ」

ケルトは女のかたわらに膝をついて脈を取り、瞳孔を調べた。

「どうだ？」

絶望を無理やり押しつぶした声が訊いた。

「おかしいわ」

ケルトは首を傾げた。

「何がだよ？」

ベイクはすがるように訊いた。駄目と言われるよりは、遥かに希望を感じさせるひと言であったのだ。

「この身体で歌なんか歌えるはずがないわ。声だって出せないくらい衰弱し切ってる。こうなった原因は何？」

「わからねえ。具合が悪くなるようなことは、何もしてねえんだ」

「ずっと二人でいた？」

「勿論だ」

「すると、ひとりきりでいたときに何かあったのね」

ここでひと呼吸置いて、

「――何て哀しい声」

私は穴を掘り、地面に自分を埋葬した
それなのに、あなたは追って来る
風よ、とめて。私にささやきかけないで

「歌い出す前に、何かおかしなことはなかった？　誰かと会ったとか？」

ベイクは即座にうなずいた。隠していたとしか思えなかった。

三日前のほぼ同じ時刻、野営中の彼らの下へ、一台の黒馬車がやって来た。

立派な身なりの若いカップルが下りて来て、お茶をごちそうして欲しいという。

「普通なら只（ただ）じゃ帰さねえところだが、ここんとこ懐具合が良かった。快く一杯奢（おご）って、さよならした。それだけだ」

「本当に何もしなかったのね？」

「ああ」

「すると呪いや怨みじゃないわね。彼らと触れた？」

「いいや。おれは別に。女房だって同じだ。触れ合う機会なんてまずねえぜ」

「よく考えて。指先が触れるだけでもいいのよ」

口をへの字に曲げて考えこむ男を、馬上からDの瞳が映していた。

ベイクが不意に手を打ち合わせた。火薬銃がゆれた。

「あれか――あれしかねえ」

ケルトが何か言う前に話しはじめた。

「ティーカップを皿ごと女に渡したとき、何かの拍子で落としちまったんだ。女房が拾い上げたとき、女も助けようと手を伸ばして来た。そうだ、あのとき触ったんだ」

二人は礼を言って馬車へ戻り、すぐに走り去った。行先や身元などを訊かないのが〈辺境区〉の掟だが、この夫婦には、それを強く拒む雰囲気が漂っていた。

「亭主は普通だが、女房の方がなあ。何か危ねえって感じたんだ。いや、こっちが手を出したらお返しが、ってわけじゃねえ。えらく華のある美人だったし、口のきき方も態度もまともだった。けど――」

「怖いとか気味が悪いとか？」

「いいや、何ていうか――」

「伝染病の患者のようだったか？」

嗄れ声が、二人をふり向かせた。

眼を白黒させながら、ベイクが首肯した。

「そうだ、それだぜ。ぴったりだ」

「保菌者というべきかの」

嗄れ声に大きくうなずき、ケルトがバッグから小さな強心剤の瓶と注射器を取り出した。

「打つ手はありません。この歌が熄んだときが最期よ。でも、亡くなるから熄むのか、熄むから亡くなるのか」

馬上のDを加えて四つ——月光の下に凍りついた影たちの間を、低く低く渡っていった。

ふさいだ耳の奥で、あなたの音がする
風という名が、私は嫌い

## 3

リンダ・ソムトウが死亡したのは、それから一〇分と経たぬうちであった。

「いやに明るい月ね」

ケルトは頭上をふり仰ぎ、リンダの瞳孔を調べてから、ベイグにこう告げた。

「しっかり埋めてあげなさい」

「ああ。そうするとも」

「ほう、わしらに手伝えとは言わんのか?」

嗄れ声に、またぎょっとして、

「心臓に悪いぜ、やめろ。どっから出る声だ?」

「ふーっふっふっふ」

嗄れ声は意味ありげに笑い、質問に答えいと言った。

沈痛な表情で、

「おれはこれまで何度かペアを組んだ。男とも女ともな。だが、どいつもこいつも裏切るか、逃げて行った。ひどいのになると、おれに一発射ちこんで、治安官へ届けた奴もいる。裏切らなかったのは、こいつ——リンダだけだ。なのに、生きてる間はいい目を見せてやれなかった。おれひとりで埋めてやる——せめても、な」

ベイグは両手で腿（もも）を叩いた。その手が腰の火薬銃を抜いて、二人をポイントした。

「ちょっと」

気色（けしき）ばむケルトへ、苦笑を投げて、

「済まねえが、これが天職でな。金目のものを置いて出て行きな」

「プロじゃのう」

「感心しなくていいぜ」

　釈然としない表情をDに向けて、

「正直、穴掘りもしろと言いてえところだが、あんたはどうにも薄気味が悪い。関わりを持たねえ方が安心って気がするのさ。さ——財布を置いて行っちまえ」

「ひとつ言っておく」

　とDが言った。

「何でえ、急にまともになるなよ」

「その女——放っておけ」

「何ィ？」

「そのまま様子を見ろ」

「何ぬかしやがる」

　ベイグは激怒し、火薬銃で街道の方をさした。

「リンダが貴族みてえに生き返るってのか？　血なんか吸われてねえ。これ以上、おかしなことをぬかすと、いますぐぶち殺すぞ」

　Dはサイボーグ馬にまたがった。ケルトも後に続く。

　無言で馬首を巡らせた。

「おい、待て——財布を置いていけ！」

ベイグの怒声は空しく月下を渡り、銃口はDの背に向けられた。二つの騎影は気にも留めずに歩き去った。

「畜生め」

ベイグは火薬銃を下ろすと、ホルスターへ仕舞おうとして、握りしめた指が動かないのに気がついた。

「な、何だこりゃ？　おれ様としたことが――おい、ひょっとして……」

また気がついた。口の中が氷のようだ。吹雪の中を歩き続けた旅人のように。

「あいつか？　あいつのせいか？」

Dの美貌が頭の何処かに浮かんだ。

血も凍る美しさであった。

「やっぱり」

その場にへたりこんだベイグに、月が妖しく笑いかけた。

少しして彼は立ち上がり、サイボーグ馬の横腹につけた道具ベルトから、折りたたみ式のスコップを外して、穴掘りにかかった。

「やっぱり、野垂れ死にになっちまったなあ。おれなんか放って、どっか行きゃあ、もっとましな死に方が出来たのによ」

二時間かけて、深さ二メートルほどの穴が掘れた。ベイグは汗を拭いた。涙かも知れなかった。

「これで我慢しろや」

リンダの遺体を穴の中に移し、土をかけるのも、ひと仕事であった。

「次のカモが来るといいが――ま、ひと休みするか」

体内時計は一〇：〇〇N（ナイト）と告げている。

焚火のそばへ行き、じかに地面へ横になった。

すぐに睡魔が襲ってきた。すう、と闇に引きこまれた。この三日間、リンダの介護でろくに寝ていなかったのだ。

視界が上下から闇に閉ざされる寸前、ベイグは埋葬地点を見ていた。

完全に闇に飲みこまれるところで、違和感が小さな刺激を脳に与えた。

――おかしいぞ
それが闇をこじ開けた。

埋葬地点が少し盛り上がっている。

ここでまた闇が落ちた。

――やっぱり、おかしい
再び眼が開いた。

地面から何かが突き出ている。あれは――手じゃないか。

眠りが引きずりこもうとする。二メートル、と浮かんだ。

そこから――出て来る。

――起きろ
自分に、ぼんやりと叫んだ。視界が生じた。

誰だ？　立ってこちらを見ている女は？

月光と星の光が、お尋ね者の夜間用視力に力を与えた。

「リン……ダ」

眠気など吹きとんだ戦慄の声であった。

「ベイグ」

女はにっと笑った。死んだばかりなのに真っ赤な唇がつり上がり、二本の牙（きば）が堂々とのぞいた。

「戻れ――土の中へ――地獄へ戻れ」

「冷たいことを言うわね、ベイグ」

リンダはなお近づいて来た。

ベイグの右手は、かたわらの銃帯（ガンベルト）にのびた。一挺は杭射ち銃であった。

「また二人で稼ぎましょうよ。通りかかった奴らばかりじゃなくて、家の中で安心して寝てる奴らを襲うのよ」

「戻れ――戻ってくれ」

何とか抜いた武器を、ベイグはリンダの心臓へ向けた。

「冗談はやめてよ、ベイグ」

リンダの声は、甘く冷たい夜気を帯びていた。

「おれは、おまえと同じものにゃあならねえぞ！　塵になれ！」

「おいでよ、私の世界へ。いまうろついてる世の中が、莫迦らしくなるよ」

いつの間にか半眼にしていた眼を、リンダはかっと開いた。瞳はなかった。それは眼の形をした血のどぶであった。その中へ吸いこまれるような感覚を得た刹那、ベイグは恐怖を感じなくなった。土の像になったような気分だった。

リンダが身を屈め、彼の首すじに顔を寄せて来た。

「何もかも違って見えるよ。鳥の声は邪妖精キコが獲物を招き寄せる歌声、ムーンライト・フラワーの香りは、それは甘美な血の匂いさ。眼に入る土地も村もどぶりと血に浸って見えるし、人間どもは食欲をそそる臭いを毛穴から洩らしている餌だよ。私みたいになれば、それがどんなに素晴らしいことかすぐわかる。さあ、おいで」

リンダは新しい自分と、その力に酔っていた。ベイグと二人で旅する間に、最低限の術を身につけたのは覚えているが、その効果など気にもならなかった。

ベイグは覚えていた。

貴族もどきが催眠妖法を使って、心身の自由を奪いに来たとき——どう対処するか。

無意識——まさに無意識のうちに彼の精神の〝保管庫〟に秘匿されていた〝生存欲〟が、いま必要な行動を促した。

まだ手にしていた杭射ち銃を持ち上げるや、リンダの左胸に狙いを定めて引金を引いた。定めてといったが、現実にはそんな余裕などない。勘を頼みの一撃だ。

正確に心臓を貫いた鉄矢の痛みに両眼を見開き、リンダは全身の力を抜いた。その朱唇が血塊を吐いたのは、ベイグの上に重なってからであった。

ベイグは、そっと女の身体をずらして立ち上がった。

終わったという意識が、その胸中から荒々しいものを急激に拭い去っていった。

「リンダ」

声と同時に、陽灼(ひや)けした頬を涙が伝わっていった。

それを拭ったとき、気がついた。リンダの喉から白いものが生えている。白木の針であった。

自分にのしかかった瞬間、リンダの身体に痙攣(けいれん)が走ったのを、ベイグは思い出した。

刺さった角度から瞬時に判断し、彼は街道の方を向いた。

木立の間に二頭のサイボーグ馬が立っていた。

先頭の騎手に向かって、

「礼は言わねえぜ。おれひとりで何とか出来た」

　Dは無言で馬首を道の方へ向けた。

「ええカッコしやがって——助けに来たと感謝なんかしやしねえぞ」

「元気でね」

　ケルトがふり返って別れを告げた。


　街道へ出るとすぐ、ケルトが鞍から身を乗り出した。

「馬車のカップルって、危くない？　あの賞金首の話じゃあ、触れただけで貴族もどきを作れる女が、〈辺境〉を自在にうろついてるってことになるわ」

　返事はない。それが氷と鋼から出来ているような若者まで戦慄のただなかにあるような気がして、ケルトは内心震え上がった。

「私も職業柄、いろんな貴族の話は耳にするけど、こんな物騒なのは初めてよ。まるで疫病か突然変異種だわ」

「かも知れんな」

　とDが応じた。

「絶対にそうよ。貴族の中に自然発生した変種よ」

「いや、これは人為的に造り出されたものだ。貴族のあるひとりの手でな」

「何の目的で？」

ケルトの声は驚きと恐怖に彩られた。

「そんな化物を造り出したら、〈辺境〉は、いいえ、人間はあっという間に貴族化してしまう。そうなれば、貴族の餌もなくなるわ。貴族同士は、たとえもどきでも血を吸わないはずよ」

「ミスだ」

「え？」

「失敗作といっていい。貴族の目的は別のものだ」

「つまり、出来損ないってわけ？」

「そうだ」

軽い震えがケルトを捉えた。そのまま続きそうになるのを止めるには、必死の努力が必要だった。

そんなガラクタが次々に作り続けられたら、世界はどうなってしまうのか？

「貴族にとっても、自分で自分の首を絞めるようなものじゃない」

この言葉は救いを求める心が生んだものであった。

「貴族だらけの世界なんて、想像できる？　昼間は人っ子一人いない。夜になると、月光に紅い眼と白い牙を光らせた奴らがうじゃうじゃ湧き出て、腹ぺこでうろつき廻るのよ。でも、人間はもういない。奴らは死ぬまで飢えに苦しまなくちゃならないわ。いえ、不老不死なら、死ぬことも出来ない。ねえ、永久に腹ぺこで生きるって、どんな感じかしらね。とってもいい気味だけど、わざわざそんな未来を創造するなんて考えられないわ。貴族なんて人間がいなければ、やってけないんだからね」

生命の連鎖という視点に立てば、ケルトの発言は正当なものである。

人間が動植物の生気の搾取によって生命を維持するごとく、貴族もまた人間の血によって飢えを満たす。両者の間で唯一異なる点は、片方が不老不死ということだ。飢えはするが、血液の供給が途絶えても、貴族が死に到ることはない。だが、そこに待つのが永遠の飢えだとしたら、貴族はどう対処するものか？　そもそも飢えつつ生きるとは、どれほど苛酷な現象であることか、人間には想像しようもない。

たとえ、月光の下でしか生きられないにせよ、宇宙の涯てまで制覇した科学力を持つ貴族が、反抗を熄めぬ人間を生かしておく必要がここにあった。

吸血鬼には必要なのだ。幾世紀を過ぎようと、生あたたかい血が。

吸血の方法は貴族によって異なる。一度で死に到るまで吸い尽すもの。数回、或いは数十回に及ぶもの。だが、じかに人間の動脈に牙をたてた以上、結果は明らかだ。吸われた者はいつか死に、貴族となって甦る。

これを繰り返す限り、人間は宿命的に果てていく。ケルトの言い放ったごとく、生あるものはすべて絶えた死の世界が、陽光の下に広がるばかりである。

それを避けるために、貴族はじかの吸血によらぬ血の提供を求めた。彼らの下僕たちが定期的に村々を廻って、決まった量の血液の提供を強制するのである。人々は自らの手で、或いは下僕たちのナイフによって血管を切り裂かれ、容器の中に生の源を流し入れた。流出の代償として貴族が造り出した栄養剤が提供された。

一万年に亘る享受者と提供者の〝平穏〟な関係は、こうして維持されて来たのである。異を唱える貴族は誰もいなかった。

これが破壊され、人間たちを滅ぼし去れば、自分たちを待つのが想像だに忌わしい運命だと知り尽していたのである。

「それを何故、破ろうとするの？」

ケルトは、夢の中にいるような声で訊いた。

「破るつもりはなかった」

Dの声は常に氷のようである。

「永遠の飢えをもたらさぬために、その女は造り出されたのだ」

「すると、善意がひっくり返ったってわけ？」

ケルトは初めて、かたわらの美しい若者に怒りを感じた。

「そんなものを創造した奴の狙いは何なのよ？　誰がこしらえたの？　放っておけば、それこそ貴族もどきが山ほど出来上がるばかりよ」

「この街道を通ったとすればじゃ」

いきなりの嗄れ声が、ケルトの激情を撥ね返した。

「気をつけた方がいいの。恐らく目的地は同じローランヌの城じゃ」

ケルトは月光に縛りつけられたかのように沈黙した。

# 第二章　播き散らされる死

## 1

「あなた、次の〈駅〉まではどれくらい？」

妻の声に、ボリス・ウィチャリーは壁面の上部に取りつけられたインジケーターの情報を読んだ。

「あと約三五分——九：二七ＡＭには着く。身体の具合はどうだね？」

「いつもと変わりませぬ。生まれてから今日まで異常を感じたことはありません。あの一夜を除いては」

その間、妻に何かあったのかと、ボリス・ウィチャリーは考えた。もうひとつの——最大の疑問、そうさせた男が誰だったのかは、とうに考えるのをやめていた。

「ねえ、教えて下さらない？　私たちは何処へ行くの？　私はどうなってしまったというの？」

知らない。知らない。エレノアは何も知らない。

それなのに、こう歌う。ほら。

風が私を追って来る
名前も名乗らないくせに
いつも一緒とささやきながら
そうやって夜が来る
貴族だけが知る夜が

ボリスはつい訊いてしまう。

「空腹かね？」

「ええ、とっても」

とエレノアは返す。だから、次の〈駅〉が気になるのだ。

「街道の先にはマーシャの家があるわ」

マーシャとは二人の旧友の名だ。たくさんの使用人を抱えた大地主。

恐怖の指は冷たい鉄だ。それがボリスの心臓をいきなり握りしめて来る。

「そうだね。でも、その前に駅がある。会わなくてもいいだろう」

「そうね、そうだわ」

素直な納得に、ボリスは再開した心臓の鼓動を聴く。

それから夫婦は会話も忘れ、触れもせずに馬車に揺られるだけだ。言葉など記憶にない。

「私はおまえが苦しんでも、指一本触れられない。脈を取ることも、癒しの口づけを与えることも出来やしない。手さえ握れないのだよ」

「いいのよ、あなた。気にしないで。それに治すためにローランヌの城へ行くのでしょう」

「そうだ。貴族によって与えられた病は、貴族によってしか治せない。じきに会える。後は全快だよ」

やがて、〈駅〉が見えて来た。

貴族がこしらえた昼用の逃避地点。休憩と食事しか摂らぬ〝人間〟には永久に理解できないもののひとつだ。

「どうしよう、どうしよう、あなた。とってもお腹が空いて来たわ。どうしてもこらえ切れないの。許すと言って下さいな」

「………」

沈黙にこわばる夫の顔を正面から見据え、妻は哀訴を繰り返す。

「許して下さらないと、私、何も出来ません。ああ、こうして死を待つだけなんて嫌。仰って下さいな。これから私のすることのすべてを許すと」

苦悩の翳が夫の顔をとめどなくかすめた。そのたびに経験して来たことである。夫には答えがわかっていた。そのたびに、それを退けようと努め、またも夫は応じた。

「いけないよ、我慢をし。その代わり、私はいつまでもいつまでも、おまえを守ってやろう」

そして、すぐ、

「次の〈駅〉で止めろ」

とボリス・ウィチャリーは、六頭立ての馬車を操るＩＣに命じた。

Ｄとケルトがその〈駅〉に到着したのは、翌日の昼過ぎであった。

センサーの確認範囲に入ると、石塀の鉄扉が開いて二人を迎え入れ、すぐに閉じた。

晴天の下に二階建ての駅舎とサイボーグ馬の整備場兼医療室が沈黙していた。

二人が馬を下りる前に、駅舎から初老の夫婦が現われ、片手で陽射しを遮りながら、ようこそと迎えた。

陶然となったのは、二人同時であった。正面から下馬したＤを見てしまったのだ。

立ち尽す二人を無視して、Ｄは先に駅舎へ入った。

粗末な合成樹脂のテーブルと椅子だけが、広い部屋をヤケに寂しく見せている。

厨房から骨ごと肉を叩き切る音が聞こえて来た。

奥のドアが開くと、こちらも夫婦らしい若い男女が戸口で、いらっしゃいと挨拶した。

室内が薄暗いのは、窓にカーテンがかかっているからだが、この辺りでは当り前のことだ。

二人が並んでテーブルにつくと、若夫婦の女房がやって来て、

「何かお飲みものでも？」

と訊いた。

「料理も出来ます。鶏のローストとスープがいちばん手っ取り早いですが」

「それを貰おう。二皿ずつだ」

「私はサボテン酒も」

ケルトが伝えると、女は白い歯を見せて、

「承知いたしました」

とうなずいた。

夫婦ともども厨房へ消えると、ケルトが小声で、

「おかしくないわよね」

「そう思うかの？」

「おかしな声出さないでよ」

低く罵(ののし)りながら、ケルトは娘とは思えぬ不敵な笑みを浮かべた。

「いいえ」

それは嗄(しゃが)れ声への返事であった。だが、何がおかしいというのか？　空気には妖しさの一片

だになく、二組の夫婦の言動にも異常ひとつない。平凡な田舎の〈駅〉だ。

「料理が来るまでのお慰み」

屋内に入ってきた老人と若者が奥へ行き、ギターを抱えて戻って来た。

「女房の歌――聴きものですぜ」

と若い夫が妻にうなずいてみせた。老妻の方は厨房に消えている。

　うなずいて下さい
　酔っていていいから
　でないと風が歌ってくれない
　想いは風と飛んでいく
　だから　私たちは心を持たない人の形

鋭さを失っていなかったケルトの眼も、哀愁を帯びた声に、ふと和(なご)んだ。

一曲目が終わったときは、半ば眠りに落ちていた。

なおも歌い続け、奏で続ける家族バンドへ、

「面白い技を使うの」

嗄れ声の洗礼に、ギターと歌声がぴたりと熄んだ。

「客を眠らせて金品を強奪するわけでもあるまい。誰に伝授された？　黒馬車のカップルか？」

「何のこってす？」

若い夫が太い眉を寄せた。

「私らはただ、ささやかな暇つぶしになれば、と」

Dが左手を上げた。その手の平に口らしい形が浮かんでいるのを、三人が見抜いたかどうか。

口は赤い筋を噴いた。それは三人の足下で派手な飛沫を散らした。

三つの怪訝そうな顔が互いに見交わし、Dを見つめた。偽装とは思えない反応であった。その全身を血臭が這い廻った。

「上がったよ」

厨房から老妻が、大きなトレイを掲げて現われた。

「見ろ」

Dの右手が上がった。白い光が飛んで、三人組の真上——石の天井を紙のように貫いた。反射的に三人はそれを追い、青い瞳が灼熱した。白木の針の貫通孔から洩れる光であった。

「ぎゃあ」

顔面を覆ってのけぞったのは、若い妻であった。残る二人もそれに続く。

「血の臭いには耐えても、陽光の直撃は無理かの」

嗄れ声が立ち上がった。

その喉もとへ光の波が走った。老妻が放った錫のトレイであった。Dがわずかに頭を傾けて躱すと、それは後方の壁に半ばまでめりこんだのである。

老妻が宙を飛んで襲いかかった。

ビン！　と空気が弾けた。

老妻の首は空中で胴から離れ、鮮血をふり撒きながら、のたうつ三人のかたわらに落ちた。唇の間から二本の牙を剝いている。

「信じられない――陽光の下を歩き廻る貴族もどきなんて」

鋼線銃を手にしたケルトが呆然とつぶやいた。

眼を灼かれた三人がこちらを向いた。

青い煙を噴き上げつつ、こちらを凝視する顔は悪鬼そのものだ。人間の面影を残しているのが不気味だった。

前へ出ようとするDを、

「任せて」

と制し、ケルトは引金を引いた。

空中で大きく広がった鋼線は、三人の首をその身長と姿勢に応じて、数センチずつ異なった高さで切断し、背後の石壁に食いこんだ。

左手が吐いた血とは比べものにならない量の血が噴き上がって、崩れる胴体を隠した。

Dが前へ出た。

「もうひとりおるぞ」

厨房で肉を切っていた料理人（コック）のことだろう。

用心する風もなく歩むDの胸もとを光が貫いた。

神速で右へ移動したDの残像を貫通した大刃のナイフは、その根本まで石壁に食いこんだ。

Dの眼が投擲（とうてき）地点へと向けられた。

厨房ではなく、天井へ。

逆しまにぶら下がった人影は、蝙蝠（こうもり）のように見えぬこともなかった。

Dの眼が捉えた刹那、影は重力の束縛から脱した。天井を走る速度は、地上のどんな生きものをも凌駕していた。

Dの頭上まで一秒とかけず、そこから下へ――

Dの右手の動きは、むしろ緩やかに見えた。

流れる光景が止まった。

フィルムのひと駒は、Dがふり上げた刃に左胸を背中まで貫かれた空中の料理人であった。

その手から、ナイフが滑り落ちて床に突き刺さった。

Dはひとふりで死体を床へ放り出し、長剣を背に戻した。

「昼間も歩く吸血鬼」

　ケルトは虚ろな声で言った。

「血の臭いにも正体を現わさないで、しかも、あのスピード――眼を灼かれていなかったら、撃退できたかどうか」

「守りも固めるこっちゃな、武器屋殿」

　と嗄れ声が言った。

「こんなモンスターたちを、触れただけで造り出せるなんて――もとはどんな怪物なの？　どうすれば、こんな連中を生み出す気になるのよ」

「ミスじゃ」

「そう言ってたわね。そんなつもりじゃなかったって。貴族ならそれで済むの？　いいえ、もうそんな時代じゃないわ。あいつらは世界から消え去ろうとしているのよ。みんな最後の悪あがきだわ。とばっちり受けた人間こそいい面の皮よ。昨夜のならず者だって、この〈駅〉の連中だって、貴族の生き残りどもが妙な気を起こさなければ、まともな人間でいられたのよ。私は許さない。天地が裂けたって、私はあいつらを許さないわ」

　血臭に芳香が混じりはじめた。

　ローストされた鶏の香りだった。

馬車の揺れが激しくなったせいか、エレノアは眼を開いた。

その表情にいつもとは異なる恍惚の翳を認めて、

「いい夢を見たようだね」

とボリス・ウィチャリーは優しく声をかえた。

エレノアはうなずいた。

「ええ、とても美しい夢をね。寝るたびに見ていられるなら、永劫(えいごう)に眠ったままでいいわ」

「どんな夢だ?」

「それは美しい男の人が出て来るのよ、あなた」

エレノアはまた眼を閉じた。そのひと言は、閉じた瞼が流した涙のように聞こえた。

「……D」

## 2

昼過ぎから降り出した雨は、夜になっても熄(や)む気配がなく、まずケルトを辟易とさせた。

すでに〈駅〉を出てから大分経っている。後戻りは出来ない。

見渡す限りの平原には身を寄せる森も岩山もなかった。

「ねえ、大丈夫?」

ケルトが右隣りを行くDに声をかけた。

貴族――吸血鬼は流れ水（ランニング・ウォーター）にすこぶる弱い。橋やボートが備わっていても、川の流れを越えるのを嫌がる。長時間、水中にいれば、ふやけた肉は剝（は）がれ、骨は溶け――見るも無惨な姿に変わって、最後は腐敗分離してしまうという。ダンピールはそこまでいかないが、ある程度の被害は免れない。

それは天から流れ落ちる雨の場合も同じだ。貴族の血を引くダンピールは新陳代謝に異常を生じ、運動能力も低下する。敵はそのときを選んで襲いかかるという。

その知識をもとにかけたひと声であったが、世にも美しい若者は、闇の中にいるときと寸分変わらぬようだ。

――特別なのかな、顔と同じで？

そう考えた瞬間、

「さしたることはない。気にするな。こいつは特別製じゃ」

思ったとおりの左手の答えに、ケルトは安堵（あんど）した。それでも――

「特別製って？」

と訊いてみた。

「そこいらの混血とは、元が違うんじゃ」

「ご両親が凄いってこと？」

「そう――ぎゃっ⁉」

低い叫びが雨音に吸いこまれた。

握りしめた左手を開いて、Dは黙然と進む。

――どう見ても、まともじゃないよねえ
ケルトは気分を変えようと努めた。

一時間ほどで前方に小さな明りが幾つかゆらめいた。

「ドッセルデイの村よ。助かったあ」

ケルトは防水フードを叩いて喜びを表わした。水滴が四方へ飛んだ。

「待たせたかの」

嗄れ声が、軽くなった胸をまた重くした。

「動くな」

Dが前方を見据えて言った。

「どうしたの？」

道の左右は亭亭と木立が並んでいる。そこから一〇個ほどの騎影が現われ、二人を取り囲んだのだ。

「――Dだな？」

Dの正面に立つ騎影の主が訊いた。荒(すさ)んだ声である。雇われた戦闘士かゴロツキに違いない。

女子供なら泣き出しそうな凄みを利かせた声が、何処か虚ろなのは、Dの美貌のせいだ。

　返事はなくともそれで確認したか、

「下りてもらおう」

と正面の男が言った。

Dは動かない。

「ほう、馬上で闘るか？　それとも怖くて馬から下りられねえか？」

「ダンピールは雨に弱いってな。いいときに降ってくれたぜ――おれたちゃツイてるねえ」

もうひとりが鼻先で笑った。

「見ろ――こっちには馬上用の道具が用意してあるんだ」

Dの左右に位置する二人が弩を肩づけした。慣れ切った動きであった。

ぴん、と鳴った。

射手を含んだ左側の四人の身体がかすかに揺れた。はっ、と頭にかぶせた手の下で、頭部はだらしなく前方へ落ちた。雨の中を黒血の噴水が立ち昇ったとき、右側の三人の首もまた宙に舞った。抜き打ちに放ったDの刀身の技であった。

離れた位置から弩が唸った。

Dが左手を胸前にかざすと、手の平に生じた小さな口が鉄矢を呑みこんだ。

弩射手は空を掴んでのけぞった。その心臓から背まで抜けたのは、自身が放った弩の矢であった。小さな口は音速を超える速度で矢を吐き返したのである。

前後の二人は馬上で凍りついた。サイボーグ馬さえも凍結したのである。凄まじいDの鬼気が四囲を渡っていった。

「待ってくれ」

最初の男が片手を上げて制した。

「仕事は断る。もう二度とあんたにちょっかいは出さねえ。な、見逃してくれ」

「依頼人は誰だ?」

Dが訊いた。右手に提げた刀身が遠い村の光を受けて鈍く光った。血は雨が洗い落としていた。

「それは……」

そのとき、背後のひとりが馬首を巡らすや、一目散に走り出した。

Dの左手が走った。

五メートルも進まず騎手はのけぞり、落馬した。馬だけが走って雨の中に消えた。いま騎手の死体を調べたら、頸部を貫く白木の針を見ることが出来たろう。

Dは静かに前方の男を見つめている。いまの死などなかったかのように。

「知らねえんだ」

男はつぶやくように言った。

「――本当だ。この村の治安官事務所の掲示板に、おれたち宛ての手紙が貼りつけてあった。あんたが村へ入る前に始末してくれれば、五万ダラス渡す。上手くいったら、同じ掲示板にその旨を記しておけ、と。前金が千ダラス、治安官宛てに届いていた。――それだけだ」

光が闇を断った。

最後の首が落ちた。

Dが低く口笛を吹くと、サイボーグ馬の群れは、首のない騎手たちを背に、街道を走り出した。数秒置いて、

「凄い光景ね」

ケルトが溜息混じりに言った。最初の四人を仕留めた鋼線銃を防水コートの内側へ戻して、

「道端には首がゴロゴロ。ま、明日までにその辺の獣や肉食虫が片づけてしまうけれど。ねえ、最後の男は正直に吐いたと思うわ。殺す必要はなかったんじゃないの？」

Dの背で刀身が鳴った。

「他人の死を請け負った以上――」

「何事も生命懸けってことね。了解」

ケルトは微笑した。彼女も〈辺境〉の住人であった。

一〇分後、二人は村へ入った。

一軒きりのホテルで部屋を申しこんだ。

「残念ながら、お泊めできません」

クロークは慇懃に応じた。眼を閉じているが、顔はとろけている。入って来たDを見てしまったのだ。

「満室なの？」

ケルトが割って入った。相手はDをダンピールと見抜いているだろう。貴族の血が引き起こすトラブルを忌む人々や公共機関は多い。なら、人間の自分が、というわけだ。

「いえ、がら空きで」

「ちょっと——それなりの理由を聞かせてもらいたいな」

「勿論でございます。当ホテルの経営者の申しつけによりまして。失礼ですが、D様で？」

美貌がうなずいた。

「ダンカン・パライ様がご自宅にお招きしたいと」

「はあ？」

これはケルトである。

「到着次第、お連れするよう言付かっております。馬車も御者も待機しておりますが」

ケルトは眼を丸くして、

「ダンカン・パライって、この辺一帯の大地主じゃないの。人造労人を製造してることでも有名よ」

労人(ワーカー)とは、その名のとおり、農作業や金鉱掘り等、苛酷な労働に従事する有機生命体のことである。太古の某国で、人間に特殊な薬品を服用させて意思を奪い、重労働に従事させるという実例があった。これを宗教の名の下に行ったのが、死者を蘇らせるヴードゥー教のシンボル――生ける死者＝ゾンビである。

無論、現在でも法律によって規制されてはいるが、〈辺境〉では類似の行為が堂々とまかり通り、パライ家の〝人造労人〟といえば、多くの企業や工場、地主たちがひたすらその完成と到着を待っている存在なのであった。

欠点は値段が高く、その辺の村や町の予算では指一本も買えないこととされる。

「どういうつもりよ?　第一、どうして私たちのことを?」

「あなたのことは存じません。お伴の方はホテルに待機させよとのご指示でございます」

「ちょっとお」

唇を尖らせるケルトの前で、

「この娘も一緒に行く」

とDが宣言した。

「ですが――」

抗議しかけたクロークの視界を広い背が埋めた。

「行くぞ」

「はーい」

ケルトは有頂天である。ざまあ見やがれという表情をフロントに向けてDに続く。

「お待ち下さい。ただいますぐに連絡を——」

どんな罰を食らうのか、大あわて——どころか死に物狂いのクロークへ、

「近くの納屋にでもおるわい。気が変わったら連絡せい」

と嗄れ声が言い置いて、クロークをのけぞらせた。

板張りの歩道を通りの奥へと歩きながら、ケルトは歓喜の絶頂にあった。一緒にといったDのひと言に舞い上がってしまったのだ。惚れ惚れとDの横顔を、半ば眼を閉じて見つめて、

「ね、さっきの連中、ひょっとしてパライの差し金？」

返事はないから、構わず、

「この辺一帯の大地主が、私たちに何の用があるの？　やっぱ、貴族絡み？」

「そうだ」

「わお」

返事の内容より、Dの即答ぶりにケルトは仰天した。残念なことに、

「人造労人が何に使われるかは知っとるの？」

「ええ」

苦々しく嗄れ声に応じた。相手は続けて、

「道路造り、金鉱掘り、農作業、荷物運び――だが、他にも雇用はある。魂なき生命にもってこいの仕事がな」

ある単語が浮かんだ。〈辺境〉の人間なら、一度は聞いた覚えのある噂が導いたものだ。ケルトは口にした。

「兵士ね」

「そうだ」

とDが言った。しゃべり手を統一してくれないものかと思った。

「意思を持たず、命令に従って忠実に労働に従事する。手足、頭部、心臓――どれを失ってもだ。これくらい兵士向きの連中はない。唯一の欠点は高価なことだ」

「それで実戦にはあまり使われないのね。貴族が遺した妖獣を掃討する部隊が彼らだったと聞いたことがあるわ。頭も両足も失くした奴が、手だけで前進しようとしていたって。でも、それと私たちとどういう関係があるのよ？」

返事が来る前に、背後から、D様と呼ぶクロークの声と足音が追って来た。

二人とも足を止めず、クロークはその前に立ち塞がった。

荒い呼吸を調整しながら、

「いま、連絡が取れました。お二人ともおいで下さいとのことです」

馬車のきしみとサイボーグ馬の足音が近づいて来た。

歩道の脇に止まったのは、四頭立ての豪奢な白馬車であった。

防水コートを着た御者が、

「お乗り下さい」

と鞭でドアを示した。


丘の上の宏壮な邸宅に到着したのは、三〇分近く走ってからだった。雨はそのままだ。

門を抜けて辿り着いた玄関には、召使いが待ち受けており、二人を邸内へと導いた。

黄金と水晶と大理石で飾られた通路の奥で、広い書斎が二人を迎え入れた。

〈都〉でしか手に入らない革表紙の本が書架を埋め、中央のデスクの前に白髪のガウン姿がひとり立っていた。髪も口髭も手入れが行き届いているが、田舎の大物にあるどぎつい粘っこさも十分持ち合わせた老人であった。

「ようこそ、〈辺境〉一の貴族ハンターに会えて光栄だ」

会釈をしたが、握手は求めて来ない。戦闘士が手を預けるのを好まないと知悉しているのだ。

「もう聞いたと思うが、わしはダンカン・パライ。Dという名の男に頼みがあって招いた次第だ。かけてくれ」

「村の外で一〇人がかかって来た」

　とDは言った。

「あれか——確かにわしが依頼したのだよ。いや、正直、君に勝てるなどとは思わなかったが、腕前を確かめたくてな」

　Dのかたわらで、ケルトが小さく、

「一〇人も死んだんだけどな」

　と言った。

「彼らの死体は村の者がもう始末にかかっておる。そこで——時間も遅い。疲れてもおるだろう。食堂に夕食の準備が出来ておる。〈都〉の一流ホテルから引き抜いたコックだ。味は保証するぞ」

「どうする?」

　Dが訊いた。自分への問いだとケルトが理解するまで二秒ほどかかった。

「あ、食べる」

　正直な答えに、パライが笑みを見せた。侮蔑を隠さぬ笑みであった。

　言葉に間違いない豪華な夕食が終わると、三人は書斎に戻り、団欒用のテーブルを囲む椅子とソファに腰を下ろした。

　パライのDを見る眼が訝しげなのは、一切食事に手をつけなかったからだ。ダンピールといえど人間の血が混じっている以上、少しは胃に収める。

「用件を聞こう」

とDが切り出した。

待っていたのか、パライはうなずき、

「触れただけで人間を吸血鬼に変える女がいる。捕らえてくれ」

と身を乗り出した。

# 3

「女の名はエレノア・ウィチャリー。夫と一緒に旅をしている。ボリス・ウィチャリーだ」

「おまえほど金があれば、それなりの連中を雇えるじゃろう」

突発的な嗄れ声に、パライは眼を剝いた。声のしたあたり――Dの左手と顔を見比べ、錯乱状態に陥った。重症に見えるのは、持ち出した要求に彼なりの期待と覚悟を固めていたからだ。

「意気ごみすぎよ」

ケルトは冷たく笑った。

パライは何度も頭をふり、首すじに手刀を打ちこんで、ようやく落ち着いた。

「選別に当たって、わしも多数の意見を参考にした。全〈辺境〉の監督官、知事、町長、村長、旅の戦闘士、武器屋、そして、あらゆるハンターと農民ども。どいつもこいつも君の名前を挙げた。例外は二人だけだ」

「ほう、他に挙げられたのは？」

嗄れ声である。

「ヒューゴ・マイとグリート・サスカチワンだ。だが、所詮は一度だけ。君とは比べものにならん」

「本当にか？」

Dの声が、パライの身を固くした。そこから脱け出すように、

「勿論だ。何を疑う？」

「そいつらも雇ったらよかろう」

「わしは博打は打たん主義だ。二番手三番手を雇って返り討ちに遭ったらどうする？　奴らの要求は最低でも報酬の半額の前払いだ。無駄にする確率が三〇パーセントを超えそうなら、依頼はせん」

「しっかりしとるな」

と左手が嫌味ったらしく笑い、

「――一万ダラス」

とDが言った。

「全額前払いだ」

パライはまた硬直した。すぐに顔を覆った。怒りがそれを解いた。

「よかろう。確かに一万ダラス」

これにはケルトも驚いた。

「もうひとつ——何のためだ?」

「夫婦は信頼に足る占い師によれば、当分わしの土地を通る。ひとりの犠牲者も出したくないのだ。かといって、あらゆる住民に触れ書きを出すわけにはいかん。一日も早く捕らえてもらいたい」

「嘘っぱち。それなら始末した方が早いわよ」

ケルトは口をはさんだ。当然の言葉である。

パライは唇を歪め、凄まじい眼線を娘に当てた。次は沈黙だった。

「依頼は断る。では」

Dがドアの方へ歩き出した。ざまあご覧なさいというふうにパライをねめつけて、ケルトも後に続く。

「何も訊かずに受けられんか?」

吠えるようなパライの問いであった。

返事はない。

二人は書斎を出た。

「何、企んでるのかしらね？」

ケルトは興味津々である。

「貴族の製造装置を家に据えつけたがる理由は？」

左手も面白そうである。

「あいつの手紙入れの中身を見たの？」

念を押すように左手が訊いた。

Dは答えなかったが、こう続けた。

「〈都〉からの消印で、オズと読めた。恐らくは、オズワルドだ」

「オズワルド・ウィルク」

と嗄れ声が言った。

「誰よ、それ？」

ケルトが眉を寄せた。

答えはない。

「ちょっと――思わせぶりしないで、教えてよお」

「知らずにいれば、いざというとき便利じゃぞ」

「あらそんな名前の人知らないって？　あんたたちと一緒にいて、それで済むわけないでしょ。断っとくけど、私は雇い主なんだからね」

「だから、身を案じておるのじゃ」

明らかに案じるより、からかっている。

「教えなさい！」

「〈都〉の防衛省官僚じゃ。長官に次ぐ実力者で、実務面は彼がいないとどうにもならんそうだ。反面、その実力を危い方面にも使っておるらしいと評判じゃ」

「防衛省官僚っていうと、あちこちに軍隊を派遣するとか？」

「そうじゃ」

「それがどうして、貴族製造器を必要とするのよ？」

「さて」

「またとぼけるつもり？」

「おお、星がきれいじゃのお」

「まだ家ん中よ」

Dが会話に加わらないまま、玄関ホールへ出た。

途中、何人も召使いが駆け寄って来たが、Dの姿を見ると、その場を動かなくなった。

ホールでひとり捕まえ、厩舎へ案内させた。

熄まぬ雨の中を走り出してすぐ、

「このままじゃ済まないわよ」

とケルトが厳しい口調で言った。その顔が光った。雷鳴が遠く――また稲妻が闇を裂く。

「ダンカン・パライのこと色々聞いてるけど、敵とみたら、それは執念深く狙って来るそうよ。死ぬまでね」

「奴の狙いを知ってしまったからのお」

「――でも」

言いかけたケルトの声が切り捨てられた。そうさせたものは、前方の闇の中にいた。もとより月も星もない。道行きは騎手の勘と記憶が頼りだ。その両方が、彼方の闇に潜む存在を伝えて来た。

嗄れ声が、

「直線距離で約四三〇メートル」

と言った。

「同感」

と答えてケルトは、馬体の右横にかけた革バッグから、信号銃を抜いて、安全装置を外した。弾丸は装塡(そうてん)済みである。

「でかいのお」

「わかるの？　どのくらい？」

「左の荒地からこぼれて、道を塞いでおるわ。ヌベシュージョの丘ひとつ分はあるな」

「一体、何なのよ？」

ケルトは信号銃を頭上に向けた。

「恐らく、パライの刺客だ」

とＤ。

「どうする？　迂回は無理よ」

「闘るしかあるまい」

「そう来なくちゃ」

ケルトは舌舐めずりして、

「これ射つと、敵の正体もわかるけど、こっちの位置もバレるわ。いい？」

「よかろう」

Ｄの返事と同時に、小さな火球が炎の尾を引きつつ暗天へと上昇した。

降下に移ったそれが、道から二〇メートルほどに達したとき、かがやきは四散した。何かが弾きとばしたのだ。

だが、ケルトの目的は叶った。
○コンマ数秒の間に彼女が見たものは、小山のような黒いタール状の粘塊であった。それには――

「眼がついてたわよ」

　ケルトは低く告げた。

「でかい身体のあっちにもこっちにも」

「〝ミス・ジャルダン〟じゃ」

「名前だけ耳にはさんだことがある。でも――何なの？」

「ＯＳＢ――外宇宙生命体が貴族戦に使った戦闘生物じゃ。熱、冷気、放射線、あらゆる攻撃を撥ね返し、その巨体ですべてを押しつぶし、同化し、吸収してしまう。貴族が最も手を焼いた生物兵器じゃ」

「伏せろ！」

　Ｄの叫びに反応するのが、ケルトはわずかに遅れた。

　黒い塊の何処かから飛来したものが、二頭のサイボーグ馬を絡め取ったのだ。身体が天空高く持ち上げられる前に、二人は飛び降りた。

　サイボーグ馬が黒い山に吸いこまれるのを、稲妻が示した。

「動くな」

　Ｄが低く命じた。ケルトはもっと低い声で、

「――どうするの？」

「手は打った」

「え？」

またも電光。

それが〝ミス・ジャルダン〟の巨体――その一点に刺さった長剣に吸いこまれるのを、ケルトは見た。それがDの打った手か⁉

山が震えた。巨体から四方へ黒いすじが散らばった。

虚空は次々に明滅した。かがやくたびに青い光が空と剣とをつないだ。

「行くぞ」

と告げるDを、待ってと止めて、

「雷さまじゃ致命傷は無理よ。私に任せて」

ケルトは背中のリュックを下ろし、ジッパーを外して小型の弩を取り出した。折り畳み式をスイッチひとつで広げたものに、一本の矢をつがえた。先端の鏃(やじり)は円錐型の筒であった。

「何じゃ、それは？」

嗄れ声は興味津々であった。

「弓よりも矢よ」

ケルトは弾頭の先をつついて、

「子供のとき、父からＯＳＢの兵器のことを聞いて、工夫してみたの。ちょっと物騒なのが出来ちゃって、封印しとこうかなと思ったら、いきなり初陣ね」

「そうか、武器屋じゃったの」

「健忘症」

悪態を残して、ケルトは雨を吹きとばしながら立ち上がった。

ビン！　と弦が唸った。

なおも雷の直撃を受けてのたうつ粘塊へ、鉄の矢は精確な弾道を引いた。

次の瞬間、ケルトは突きとばされ、突きとばしたDが空中高く舞い上がった。その胴に黒いロープが巻きついている。

「――D⁉」

ケルトの叫びと同時に、黒い小山は爆発した。

ほぼ中心に生じた赤光が巨体を呑みこむまで、数瞬で足りた。地に伏したケルトの背と横顔を、灼熱の平手打ちが見舞う。

すぐに熄んだ。

見上げる眼の前に、Dが立っていた。

右手に長剣を握っているのを見て、ケルトは眼を見張った。

――どうやって抜き取ったの？

「大した威力だ」

Dは長剣を収めた。誉められた気がして、ケルトは有頂天になるのを必死でこらえた。

「足がなくなったのぉ」

と左手が苦々しい声で言った。

「村までは大分あるし、グズグズしとったら、第二第三の〝ミス・ジャルダン〟が追っかけて来るやも知れん」

「待っていろ」

Dの言葉はケルトの眼を剝かせた。

「嫌よ、こんなところでひとりきりなんて――あなた、何処へ行くつもり？」

答えず、Dは歩き出した。もと来た道の方へ。

戦慄がケルトを捉えた。

「ねえ、馬を借りにいくだけでしょ？」

問いは震えていた。

無論、返事はない。

熄むことを知らぬ雨の中で、ケルトは立ち尽した。

三〇分後、いつまでも書斎からの要求がないのを訝しんだ召使いのひとりが赴くと、パライは椅子に背をもたせるような格好で死んでいた。

何処にも傷はなく、自然死としか思えなかった。

庭へと下りるドアには鍵がかかっていなかったが、それはいつものことで、侵入者の形跡はかけらも窺(うかが)えなかった。

厩舎から、大枚のダラス硬貨と引き換えにサイボーグ馬二頭が消えているのがわかるのは、翌日の遅くになってからである。


Dとケルトは村を通り越して街道を進んだ。稲妻が時折、世界を見せてくれた。

村を出てすぐ、左手が、

「また来たの」

と言って、ケルトに溜息をつかせた。

ふり返ろうとすると、

「今度は前方じゃ――多いぞ」

「パライの〝労人(ワーカー)〟だ」

とDは言った。右手は下げたままである。

稲妻が前方――五〇メートルばかりに幽鬼のごとく立つ人の群れを照らし出した。襤褸(ぼろ)からのぞく手も足も異様に細く、眼球が失われた者もいる。

二人を認めると、ゆっくりと近づいて来て、五メートルほど前で止まった。

「待ち伏せかの？」

左手が訊いた。

一斉に首がふられた。横に。

「……ソウ命ジラレタ」

と誰かが言った。陰々どころか、地の底から噴き上がる瘴気(しょうき)のような響きであった。

「ダガ……奴ハ……死ンダ……誰ガヤッタカハ……ワカッテイル」

「有難ウ」

別の誰かが言うと、一同声を合わせた。

有難ウ
有難ウ
「奴ノ術モ解ケタ……コレデヤット……死ネル……」

「モウ……誰モ……殺サナクテ……済ム……アリガト……」

申し合わせたように影たちは崩れた。

新たな天の光が、サイボーグ馬の足下にわだかまる襤褸と塵を示した。塵はじき雨に溶けるだろう。

二人は進みはじめた。

「化物、と思ったけれど――造り出したパライの方が、もっと化物よね」

ケルトが片手を上げて、祈りの言葉をつぶやいた。

# 第三章　〈新種〉

## 1

翌日も翌々日も空は灰色に煙り、蕭々と雨を降りまいた。

パライの屋敷を出た二人はドッセルデイの村を通過し、ひたすら街道を進んだ。なおパライの領土にいる限り、新たな襲撃の可能性は捨て切れぬ。一刻も早く抜け出る必要があった。

ケルトのサイボーグ馬に異常が生じたのは、その日の正午近くであった。

「動力炉にガタが来たようね。応急手当してみるわ」

右方の木立の奥に、廃屋らしい屋根が見えた。

何とか納屋の前まで辿り着いた途端にケルトの馬は膝をついた。

「ちょっと――もう少し頑張ってよ。雨の中の修理なんかヤーよ」

勝手なことをまくしたてるケルトのかたわらにDが立った。

同時にサイボーグ馬も立ち上がって、足早に納屋の内部に入りこんだ。

「何よ、どうしたの⁉」

眼を丸くするケルトへ、

「こいつの雰囲気じゃ。人間も感じるが、動物は百倍も強く反応する——怯えたのじゃ」

「動力炉をやられて膝をついたら、絶対に動けないわ。それを——そんなに怖かったっていうの？」

「修理にかかれ」

Dが言った。氷の物言いである。

「はい」

反射的に答えてしまい、ケルトは少し自己嫌悪に陥った。

「何とかやってみるわ。あなたは家の中を調べてよ。おかしなのが巣食っているかも知れない」

Dは無言で外へ出た。ケルトの指示は正当なものであった。

玄関を抜けて、大パーティが出来そうな広い居間へ入った。土地だけは豊富だ。家の建坪は五〇〇を超えるだろう。

一歩足を踏み入れると同時に、左方の奥で、小さく息を引いた者がいる。

「誰じゃ？」

左手がとぼけた声を出した。相手の気配からして怯えていると踏んだのだ。和ませるには、おとぼけしかない。

「安心せい。ただの通りがかりじゃよ。何なら一曲歌ってやろう。

〽ピカピカ星よ　あなたは一体誰でしょう」

怖るべきダミ声であり、狂いに狂う音程であった。

奥で炎が閃いた。轟きはその後だった。

「何をする！　この美しい歌唱がわからんのか⁉」

左手の叫びに、若い男の叫びが応じた。

「そ、そんなひどい歌があるか！　おまえは人間じゃねえ、化物だ！」

「うぬぬ」

苦々しい呻きが上がった。

Dの右手が閃いた。

板を砕く乾いた破壊音に、二つの悲鳴が重なった。男女のものだ。女の声も若い。

「おまえが射った弾丸だ」

Dは静かに言った。秒速三〇〇メートル超の弾丸を、彼は素手で受け止め投げ返したのである。彼の手の平は煙を上げていた。

「何もしない。覚悟を決めて出て来い。おれはハンターだ」

「――ほん――本当ですか⁉」

女の声が上がった。

「来い」

とD。

奥で小さなやり取りがあり、扉近くに置かれた木箱の裏から、二つの影が現われた。二〇歳前後の男女――恋人同士か夫婦だろう。素朴な顔立ちは怯(おび)え切っている。

その表情が突然、恍惚となった。Dを真正面から見てしまったのだ。

「何て……綺麗……な男(ひと)……」

女――娘が呻いた。

「ここの者か？」

「違う。死体番だ」

と男の方が答えた。

「おれは――ギグ。こっちは女房のグヤンだ。実は――」

昨日の朝、ここから四キロ先の集落に豪華な黒馬車がやって来て、いかにも名士という感じの男女が下り立った。夫はボリス・ウィチャリー、妻はエレノアと名乗った。少しも不審な点はなく、ウィチャリーの名前に硬直する村長らと丁寧に挨拶を交わして、一〇分と足を止めずに旅立っていった。

村人たちが次々に倒れ伏したのは、数時間後である。原因は不明であった。ウィチャリー夫婦か、と誰もが考えたが、握手を交わしただけで生じる事態とは思えなかった。

倒れた連中は、その夜のうちに亡くなり、村の医師による死亡宣告を受けてから、一時間しないうちに甦(よみがえ)った。誰もが牙(きば)を生やしていた。

彼らの心臓に杭(くい)を打ち、首を刎(は)ねるまでに十余名の犠牲者が加わった。

「死体はここに運ばれ、見張りがつくことになった。おれたちは今日の当番だったのさ」

「埋めた方が早いぞ」

と嗄(しゃが)れ声が言った。

「ヘンな声出すなよ」

ギグは気味悪そうに眉を寄せて、

「殺しても信用できなかったんだ。何せ、原因がわからねえんだ。また甦る怖れがないとはいえねえだろ？　――おい⁉」

Dは奥へと進んだ。

ドアを開くと、さらに広い部屋に、死骸が並んでいた。どれも心臓から杭を生やし、首がない。いいや、ある。胸の上に、どれも同じ顔をした白い首が。首を失えば首を、腕を失えば腕を、一瞬の刻(とき)に柩(ひつぎ)に封印して死者を送る。木の枠に厚い紙を貼りつけたいつわりの肉体は、この地方だけの習慣だ。

Dはいちばん近い死骸に近づき、左手で杭を摑んだ。

二秒ほど置いて、

「抜いてみい」

と嗄れ声が言った。いや、左手が。

杭は抜かれた。

死骸に変化はない。ギグとグヤンは、むしろ陶然とDを見つめている。それが眼を剝いて死骸に見入ったのは、死骸が突如痙攣したからだ。

両肘で支えた上半身を弓なりに反らせ、それは溜っていた悪素を吐逆するかのように大きく息を吐いた。

反り返った身体が戻ると同時に、首を摑んで身体の切断部に乗せた。首には眼も鼻も口も描かれていた。その両眼が開いた。眼球は白い海に浮かぶ血の孤島であった。それはDと二人の男女を、悪虐の意図をもって映し出していた。

「杭を抜けば、首をつけて復活するか――とんでもない化物じゃぞ。こいつらも、こいつらを生んだ奴も」

「ど、どうするのよお？」

グヤンが泣きそうな声を上げた。その眼の前で横たわっていたものは、凄まじい勢いで空中に跳ね上がった。

背を天井に貼りつかせて下方を睨みつける姿は、人間の姿をした奇怪な虫のように見えた。

「何と素晴らしい」

とそれは感極まったように叫んだ。

「あの女に触れられて一度、杭を打たれて一度――その結果がこれならば、何度でも死んでやる。外はまだ明るいな。陽光は少しも怖くない。身体中に力が漲って来るぞ。おれはいま、アシナガ食いよりも高く跳べる。風よりも速く走れる。魚人より長く水中にいられる。杭を打たれ、首を刎ねられても、復活してみせる。ははは、おい、下の仲間たち、少し待て。いま、邪魔者を片づけたら、即刻甦らせてやる」

「ソッチャナムさん」

ギグがつぶやいたのは、それが人間だった頃の名であろう。

ははははと笑いつつ、それは三人から一〇メートルばかり離れた床の上に着地した。足下には死体が横たわっている。その中の首を断たれたものの胴体を、胸ぐら摑んで抱き起こすと、手前に落ちていた生首の髪の毛を捉えて持ち上げ、その首を胴体の切り口に押しつけた。

ひい、と呻いたのは二人の若者で、Dは無言でその怪事を見つめている。冷ややかな眼差しと無表情には、奇怪な実験を観察する冷厳な学者というより、さらに深く宇宙の哲理に思いをはせる哲学者のような面影があった。

「違う――その首は違うぞ、ソッチャナムさん。それはゲイソンさんの胴だ。なのに、その首は――マキャモンさんの首だ」

「お願い、やめて」

悲痛な叫びは中途で果てた。首をつけられた身体が、下手な操りの糸にかかった人形のように、ぎくしゃくと手足を動かしたのである。

それは立ち上がった。二人は眼を固く閉じて抱き合った。

何ということか。死から甦ったのは、華麗なドレスを着けたしなやかな身体に、脂肪ぎった中年男の首を乗せた女性ではないか。

男――マキャモンの首は、新しい身体を見下ろし、両手でその上体を撫で下ろすと、卑しい笑い声をたてた。

「これが新しい身体か？　面白え。一度、女の身体で男と寝てみたかったんだ。おい、ソッチャナム、礼を言うぜ」

かつての死者たちは声を合わせて笑った。そのひとつが突如途絶えたのは、一陣の白光がマキャモンの首を宙に舞わせた瞬間であった。

女――ゲイソンの胴体は数瞬その場に立ちすくみ、それから飛んだ血の尾を追うみたいにそちらへ歩き出し、二歩前進してから前のめりに倒れた。

「もう一度死んだ」

とDは言った。いかなる死とも遠く隔たった声で、

「死骸は酸で溶かせ。火で焼いてはならん」

これを聞いたソッチャナムの両眼に怯えと——憎悪がふくれ上がった。

「甦った生命を尊いとは思わねえのか、ハンターさんよ？　だが、おれは死なねえ。外へ出て、仲間を増やしつづけるつもりだ。取りあえず、その娘が第一号だ」

「ソッチャナムさん——いや。近づかないで！」

グヤンの眼前に走り寄った男が手をのばして、その手を摑もうとした。

男の手首から先が消えた。

Dの一刀の仕業であった。

上下に走った刃が反転して首を薙ぐ寸前、ソッチャナムは五メートルも後方に跳びのき、腰の帯にはさんだ魔除けの手斧をDめがけて投げた。

それを打ち落とすより早く、白木の針がソッチャナムの心臓に吸いこまれた。それは空中で停止した。ソッチャナムが握り止めたのである。Dの必殺の針を。

こちらを向いてにやりと笑った顔が、闇色に染まった。Dも地を蹴ったのである。

恐怖に見開いたソッチャナムの首が飛んだのは、心臓を貫かれた後であった。

床上に倒れた首無しの身体と首とを見下ろしながら、

「間一髪——逃げられるところだったの」

と左手が言った。

「新しい力に自信を持ちすぎ、おまえの力を甘く見すぎた。だが、こいつらが跳梁しはじめたら、〈辺境〉中のハンターを集めても追いつかんところじゃ」

Dはすくみ上がったカップルの方を向いて、

「ウィチャリー夫婦の辿って来た村を見つけ出して、彼らが来てから死亡したものを、すべて酸で溶かすよう伝えろ。酸がなければ〈都〉へ依頼しろ」

「わ、わかった」

ギグの眼は、二つの惨死骸を映していた。左手が重々しい口調で言った。

「陽光の天地を自在に走り、おまえの針も受け止め、仲間を復活させる化物だ――もう〝もどき〟とも呼べぬな。それは〈新種〉じゃぞ」

返事はない。すでに刀身を収めたDは、廊下へ続くドアへと歩き出している。

その後ろ姿を追っているうちに、恐怖にすくんだカップルの胸に、安堵が滲みはじめていた。

――この人は怯えていない。〝もどき〟も〈新種〉も、この人の歩みを止めることも、精神(こころ)を砕くことも出来ないんだ

Dが出て行ってから数分後、二人は大あわてで広間をとび出した。

# 2

ケルトのサイボーグ馬は応急修理を終えていたが、

「ちゃんとした修理屋へ連れて行かなきゃ駄目だわ」

ギグに訊くと、集落にはなく、五キロほど先の、ダマダーレの町までいかなくてはならないという。

二人と別れて、道を急いだ。

昼過ぎに町へ着いた。四方を森と山脈(やまなみ)に囲まれた、〈辺境〉には珍しい風光を誇る町であった。近隣や〈都〉からも観光客が訪れるらしく、入っただけで賑わいが伝わって来た。

修理屋の親父はケルトから簡単に話を聞いて、

「調べてみるが、半日とかからねえだろう。しかし、いま一台大物が来てるんでな。少し待ってくれ」

Dは、板張りの工場の奥に止まった馬車を見つめてから、

「いつ来た?」

「そうさな。一時間は経っちゃいねえよ」

「客は何処にいる?」

と訊いた。

「さあて。何も言わねえで出てったから、その辺をぶらついてるんじゃねえか。この町の連中は柄が悪いから、絡まれてねえといいがな」

「馬車はエンジンか?」

「ああ。燃焼スペースが焼け爛れてる。無くても六頭で引いてりゃ問題はねえんだ。念のためだそうだ。用心深え夫婦だぜ。総取っ替えになるが、合う部品がなくて、新しくこしらえなきゃならねえのさ」

Dは無言で出て行った。

声をかけようとしたが、ケルトは思い留まった。Dの後ろ姿には、気安いかけ声を拒否する凄絶さが漂っていた。

奥へ行きかけた修理屋へ、

「ねえ、この馬車——誰のよ?」

「知らんのか?　おっと、紋章も掃除してくれと言われて、外しとったからな。——ウィチャリー家の紋章だよ。おい、どうしたんだ、血の気が——」

いっぺんに退いていくのが、わかったらしかった。

「町長たちは知らないの?」

「町へ入って最初の一軒がこの店だからな」

「ちょっと」

ケルトが走り出した。足がもつれて、上体を木扉にもたせかけて、転倒を防いだ。

町の大通りに入って、Dは頭上を見上げた。

鴉(からす)の鳴き声だ。前方を旋回する翼影も見えた。

大通りの左右には板張りの歩道がのびている。バーや床屋、雑貨屋等はそれに沿って並んでいる。

中の一軒――「護衛鳥」と看板を掲げた店の前に、初老の男が立って、Dと同じものを見つめていた。

Dが近づくと、ふり返って、ぽかんと口を開けた。

「どうしたの?」

嗄れ声を聞いて、さらにぽかんとなった。

「いちばん高え護衛鳥が、いきなり檻破って飛び出してったんだ。それからあそこを廻ってる。あの下に貴族でもいるのか? まさか、真っ昼間だしな」

Dは足を速めた。

町の西の端は荒野が広がっていた。草一本生えぬ荒涼ぶりは、かつてのOSB――〈外宇宙生命体〉との戦場の故であった。

半年前、町の拡大に伴い、二万坪に及ぶそこを開拓して、〈都〉からのリゾート客用のホテル建設の話が持ち上がり、八日ほど前に測量を終えて開拓機械が入った。燃焼機関の轟音をたてる巨大なメカは、特に子供たちの注目を集め、今日も朝から学校をさぼった腕白たちが立ち入り禁止のロープ前に群がっていた。

今日に限って、しかし、彼ら――と暇な大人たち――は、ある意味でメカ以上に奇妙な存在に気づいていた。

ロープの手前に立つ二つの人影だ。

どちらも黒衣に身を包んだ男女である。男の若々しい気品も眼を引いたが、黒いベールを垂らしても隠せぬ女の美貌は、その横顔だけで子供たちさえ陶然とさせた。

「昼でなきゃ、貴族だよな」

ひとりの言葉に、大人たちまでうなずいた。

視線を集める彼らの視線は、土をえぐる一〇台のパワー・ショベルに注がれていたが、少しして急に――自分たちの――見物人に向き直った。

面と向かった女の美しさに、誰もが呆然と立ちすくんだ。

「皆さん、熱心ですのね」

金鈴の鳴るような声とはこれだ。このひと言で我に返った者は、随分と長いこと彼女を見つめていたことに気がついて、頰を赤らめた。もちろん、言葉の意味は、開拓作業を差しているのだろうが、誰もそんなつもりはなかったのだ。

女はさらに近くの少年を見下ろして、

「学校はどうしたの?」

と訊いた。

少年が固まっていると、仲間たちを見廻した。

「何処にあるの?」

ようやく年長のひとりが、右方の森の方を指さした。

「もう授業は始まってるんでしょ? いけない坊やたちね」

弄(からか)うような口調には微笑みが伴っていた。少年たちは気が遠くなるような気がした。「お姐さんが連れて行ってあげるわ。さ、行きましょう」

と最初の少年へ差しのべた手首が、ぴしりと鋭い音をたてた。男の方が手にしたステッキで打ったのである。

はっとしたのは全員だが、この瞬間、男をふり向いた女の眼に、人間離れした悪鬼のごとき怒りの色が広がったのを見た者はない。

もう片方の手で、打たれた手首を揉みながら、

「そうね」

と応じた表情は、美しく穏やかなものであった。

女はそれから、男を見つめた。

端整な男らしい顔に、はっきりと苦悩が黒い翼を広げた。悲痛の表情がそれを灰色に塗りつぶし――無表情が白々と染めた。

やがて、彼はかたわらの少年に訊いた。

「送って行ってあげよう。学校は何処にある？」

「北へ行ったところ。歩いて三〇分くらい」

「わかった」

男はうなずき、こちらを見ていた町民に近づき、馬車を貸して欲しいと申し出た。

「――いいけど、あんた誰だい？」

男はその手を取って、上衣のポケットから取り出した一〇ダラス金貨を一枚乗せた。

「ウィチャリーと申します。出来れば連れて行って頂きたい」

町民は一も二もなく承知した。

男はきょとんとしている子供たちに笑顔を見せて、女のところへ行った。

その眼の前で女が崩れ落ちた。

「エレノア⁉」

妻を抱き上げるはずの手で自分を抱くしかない夫へ、白い美貌は青ざめた笑みを送った。頭上遙かに舞う影が鳥の様に鳴いた。

「安心して」

唇がぽつぽつと動いた。

「子供たちに挨拶すれば——良くなる、わ」

Ｄが学校へ辿り着いたのは、それから三〇分を過ぎてからであった。

〈辺境区〉の学舎(まなびや)は、荒野の果てにひとつ佇む孤絶を凄愴(せいそう)に漂わせているが、ここも例外ではなく、門も壁もない荒涼の地に、時計台を備えた小さな姿を見るたびに、旅人たちは学ぶ者たちの心情を考え、涙ぐむ者も多かった。

校舎の前の馬舎にサイボーグ馬をつなぎ、走り出したＤの頭上で、護衛鳥が鳴いた。この鳥が貴族をいかなる手段で感知するのかは、いまもわかっていないが、旅人たちの夜の保護役として、〈辺境〉では膨大な需要があった。その割に姿を見ないのは、役に立つまでに一〇〇羽のうち一羽しか生き残れない短命さと、気づかれたことに気づいた貴族により、その場で処分されてしまうためである。

「馬車が一台——裏へ廻っておるな」

と左手が言った。

Ｄは一棟しかない校舎の玄関から入った。

向かって左に廊下が走り、右側が教室である。

四つに分かれていた。

三つの教室を覗いた。

何処も一〇人近い生徒たちが机にもたれ、或いは床に倒れていた。呼吸音もない。死亡しているのは一目瞭然だった。

Dは最後の教室へ向かった。

引き扉に手をかける寸前、内部から女の声が届いた。

「さあ、みなさんと握手させて下さいな」

声の主は、入って来たDを見るなり、身体をこわばらせた。

「これは――」

呻いたのは、左手であった。彼は知っていたのである。黒いボンネットをつけた女の名も身の上も。

「――D」

と女はつぶやくように言った。つぶやきとは大概の場合哀しい。

そして、時に意味を持たない。背からの抜き打ちを女の首に放った黒衣の若者にとって。

「いるぞ！」

と左手が叫ぶや、刃は鋭い音をたてて空中に固着した。

横から出されたステッキが受け止めたのである。しかし、Dの必殺の一刀を受け止め、しかも半ばまで刃を食いこませたものの微動だにしないステッキの主とは、いかなる存在か。

「Dか？」

とステッキの持ち主が訊いた。

「ボリス・ウィチャリー」

とDは言った。

「見ているだけで闘志が溶けていく。噂を遙かに凌ぐ美しさだ」

とボリスは呻いた。

「妻の生命を、他人をもって替えるか」

Dが返した。

その身体が後方へ跳んだ。男――ボリス・ウィチャリーのステッキが跳ねとばしたのである。凄まじい膂力であった。夫も常人ではなかったのだ。

軽やかに机の間へ着地する前に、子供たちは悲鳴を上げて戸口へと走った。

「二〇人の子供が倒れた。やがて甦り、酸で焼かれる運命だ。妻の行為に夫はどう責任を取る？」

とD。

「いつか地獄の炎で焼かれよう」

とボリスは答えた。

「今、だ」

Dの応答はウィチャリーの頭上で聞こえた。

ふり下ろされる刀身を、ボリスは横一文字で受けた。

その顎が鳴った。Dが蹴ったのである。五メートル後方の壁に激突したとき、Dは彼の眼前に迫っていた。

生と死を分かつ瞬間のはざまに、黄金のかがやきが入った。

Dの刀身がそれを両断した千分の一秒の間に、ボリスは、かがやき——床に落ちた腕輪の主のかたわらに跳んでいる。

「D」

とエレノア・ウィチャリーはもう一度口にした。含まれた情感は最初のときと少しも変わらなかった。

「エレノア」

Dの声であった。こちらも変わらない。刀身を突きつけた敵に与える言葉に。

「何を言ったらいいのかしら？」

ずい、とボリスが前へ出た。

「一年前まで妻は人間だった。だが、ある冬の晩、黒ずくめの大きな旅人がやって来た。私は危ぶんだが、一夜の宿を請われた妻は受け入れてしまった。そのときはもう、憑かれていたのだろう。その男の顔を見た途端、私も何も疑えなくなったのだ。次の日、妻は私と同じベッドの中でこと切れており、旅人は姿を消していた。不思議なことに、怒りも悲しみも湧かなかった。あの男は何者だったのか。私は呆けたような状態で、妻のそばに寄り添った。何故か——生き返るような気がしたのだ。その晩、陽が落ち星がまたたきはじめた頃、妻は甦った」

ボリスの声も姿も斑の雲の中を漂っているかのようであった。彼は左手をのばし、すぐに止めた。

「私が抱こうとした腕の中から、妻は素早く身を遠ざけ、二度と私に触れてはなりません、と言った。ああ、私には、その意味がわかったのだ。そればかりではない。この先、どのように生きていくのかまでが。わかるか、Dよ？　私はその生き方を少しも嫌だとは思わなかったのだ」

彼はひと呼吸置いた。吐息はひどく長く感じられた。

「だが、ひとつ希望があった。それがローランヌ男爵だ。子供の頃から風の噂が耳に入っていた。〈神祖〉には数名の特に重用していた貴族がいる、彼らは〈神祖〉により、人間と貴族の関係について、とりわけ重要かつ危険な禁断の知識を伝授され、いまなおそれを駆使して、奇怪な試みを行っている、と。すべてを投げ打つ前に、私はその噂に賭けた。そして、甦った妻とともにローランヌ男爵の居城めざして旅立ったのだ。それからいままで、私たちはお互い指一本触れ合っていない。理由はわかるだろう？」

「触れただけで、昼歩く貴族を造り出す女」

　Dの瞳はエレノアを映した。

「いまここで滅びねばならん」

「おお、おまえならそう言うと思っていた。正直、この旅で怖いのは、Dという名の男と遭遇することだった。妻は何も言わぬ。時折、その名を呼ぶ以外はな。妻の家族に問うても、幼い頃、何やら変事が起こったらしいとは言うものの、それ以外は無知であった」

　端整な顔が妻をふり返った。

「会えたぞ、おまえの胸に秘めていた男に――おまえたちの間には何があったのだ？」

「詮索がよい結果をもたらすとは限らん」

　とDが言った。

「ここですべてを忘れるがいい」

　言葉も刃も凄絶な鋭さを含んでいた。

　横薙ぎの一刀からボリスは跳びすさることが出来なかった。刀身は背後のエレノアも両断する長さと力を宿していた。

# 3

刀身が違和感を伝えた。確かに肉を斬り、骨を断った。しかし、手応えは水であった。よろめいたのはエレノアの方であった。胸のふくらみの下にひとすじの朱線が走るや、鮮血の滝と化して流れ落ちたのである。

ボリスが眼を剝いた。自らの細胞を液体の性質に変えた男は、愕然と妻をふり返り、憎悪の眼をDに当てた。

「妻は何度か、私以外の名を呼んだことがある。すべておまえのものだった。斬るか、そんな女を？　ハンターよ、誰に頼まれた？」

「血が止まった」

とDは返した。エレノアの出血は鳩尾のあたりで流れを止めていた。

「依頼は受けていない」

「何？」

「依頼人はおれだ」

声もなく立ちすくんだボリスの頭部へ刀身が躍った。

Dの顔前に真紅の花が咲いた。左手でそれを弾きとばす。四散した花びらの一枚がその左眼に貼りついた。それは一滴の血であった。

　わずかに乱れた刀身は空を切り、姿勢を崩したDの左胸を黒い影が突いた。ボリスのステッキであった。その先端二〇センチほどは、黒く塗られた鋼の楔でであったのだ。

　間一髪で心臓を外したのは、Dならではの体さばきであったが、彼は大きくよろめいた。

「誰も妻と同じにしたくはない」

　楔をねじり、えぐりながら、ボリスは呻くように言った。Dの眼が光った。それはまぎれもなく絶望の糸を紡いだ凄惨な告白だったのだ。

「だが、妻の飢えを見て見ぬふりをすることも出来ん。愚かな夫と笑うがいい」

　楔はDの背まで抜けた。

「聞こえんか?」

　Dが低く言った。肺を貫かれたものか、声には血が混じっていた。

「おまえの思いのために未来を奪われた二〇人の声が?」

　彼はステッキの木部を摑むと引き抜いた。その顔にふたたび血の花が貼りつこうとしたが、Dは左手で受けた。手の平を塗りつぶした赤い花びらは、小さな口に吸いこまれた。

「二度目は効かんよ」

　嗄れ声と同時に、口は血の糸を吐いた。逆流した血は放った女ではなく、ボリスの顔面で弾けた。

Dはステッキを放した。顔を押さえて無様によろめくボリスの首へ、横殴りの一刀が吸いこまれるまで〇・一秒とかからない。

だが、攻撃の姿勢をとっていた身体は、大きく右へ流れた。その後を土煙が追っていく。

それと混交する寸前、Dは身をひねった。左手から迸(ほとばし)ったのは三〇センチを超える短剣であった。

五〇メートルほど上空で、杭射ち機銃を連射中の大型無音ヘリから低い呻きが上がり、人影が宙に舞った。声が降って来た。

「悪いが、その二人は自分たちが頂戴する。Dという名の男の出番はここまでだ」

ヘリは浮遊状態(ホバリング)に移っていた。五〇メートルならDが気づかぬはずはない。それを急襲できたのは、発射してすぐ三〇〇メートル以上の高みから急降下して来たからである。

機体の前部にある戸口に装備された杭射ち機銃の背後に新たな人影がついた。同時に底部の回転部(ターレット)についた太い銃身がこちらを向く。

Dが身を低くした。黒いコートが翻り、信じられない速度で、ヘリの操縦席へと飛翔した。

「うお⁉」

悲鳴に近い驚きの声は、窓を覆ったコートに視界を塞がれたからだ。ターレットの機関銃が火を吐いた。目視不能の、乱れ射ちの下をDは走った。遙か後方で、杭射ち機銃とは比べものにならぬ凄まじい土煙が上がった。放置されていた荷車が木っ端微塵に四散する。束ねた六本の銃身がモーターの力で旋回しつつ銃撃を加えるガトリング砲であった。一分間に三千の土煙を上げる。

だが、Dの疾走は突如乱れた。右の背から鉄杭の先が突き出ている。杭射ち機銃の最初の一発を受けたのだ。

「左へ六度旋回」

と射手が叫んだ。

機銃の狙いをDに定める。舌舐めずりしながら、彼の耳は、地上の何処かで生じた鉄弦を弾くような響きを聞くことはなかった。

ヘリの底部を一本の鋼矢が貫いたのは、次の瞬間だった。

その先端の黒い円錐に炸烈信管と高性能火薬が詰められていることを誰も知らなかった。

毒々しい炎と黒煙は、ヘリの燃料が加わったものであった。

生き残りなどいるはずもない爆発と四散から眼を離し、Dは救助の矢が飛んで来た方角を見つめた。

町の方からサイボーグ馬に乗った影が駆け寄って来る。その左方遙かを馬車が町へと向かっていく。いったん馬を止め、しかし、騎手はすぐDへと走り寄った。

「大丈夫⁉」

瞬間停止ともいうべき妙技から、これまた鮮やかな体さばきで下馬したのは、ケルトであった。左手にはあの弓、背には矢筒を負っている。

「これは武器作り殿か」

左手独特の揶揄したような物言いの中にも感嘆の響きがあった。

「無事なようね」

「ああ。空を飛ぶ鳥どもの声で、ヘリのモーター音が聴き取れなかったのじゃ」

無音ヘリといえど、普通並みに撃墜OKということか。

Dは炎の方を向いた。

ケルトが息を呑んだ。

弾薬のせいか、なおも小爆発を続ける炎と黒煙を背に、Dに劣らぬ長身の人影が立っていた。

総髪の下の顔は岩を思わせる凄みと厳しさが漲り、首から下は灰色の戦闘服で覆われていた。

「貴族の品じゃな」

と左手がつぶやいた。

「普通の人間には扱えん。こいつは――」

その声が聞こえたかどうか、

「おれはジェルミン・ウィルク。〈都〉の防衛省に属する特別調査官だ」

と男は名乗った。

「Dと呼ばれる男ひとりと戦うつもりが、意外な伏兵がいたな」

「田舎を莫迦（ばか）にしないことね」

ケルトの弓は二本目の矢をウィルクに向けている。

「今日のところはウィチャリーが先だ。おまえとの決着は、いずれつける。それまで達者でいろ」

Ｄが応じる前に、ウィルクの全身に変化が生じた。首の後ろからせり出したポッド状のカバーが上体を覆い、鳩尾のあたりから伸びた金属が左右に分かれてハンドル状に折れ曲がった。数秒のうちにウィルクは一台のバイクにまたがっていた。そのタイヤもボディも、すべて彼の戦闘服の表面にプリントされていた図形の合成であった。

燃料もプリントされていたものか、排気管（エグゾースト・ノズル）から青白い炎を吐き出すや、ウィルクの姿はＤも及ばぬ速さで、ウィチャリーの馬車を追いはじめた。

みるみる形を失う車体を見送るＤへ、

「泡を食っても及ばぬな」

と左手が言ったところへ、

「人間がバイクになるなんて――射損（いそこ）ねちゃった」

とケルトが追い討ちをかける。

「あいつは言わなんだが、ウィチャリー夫婦を捕えて利用――恐らくは戦闘兵器として使用するつもりなのは眼に見えておる。これは、夫婦が奴の手に落ちる前に何とかせんといかんな」

「その前に」

とDは校舎の方をふり返った。

ケルトは身震いした。Dの言葉の恐るべき意味を読み取ったのである。

校舎には貴族として生まれ変わるしかない幼子たちが二〇名残っているのだった。

「行かないで」

ケルトは訴えるように言った。

Dは歩き出した。

こちらも自らの任務を果たすべく、世界のあらゆるしがらみから自らを解き放した、美しい機械のように。

荒野の果てに、また新たな死が当り前のように生まれた。それに気づいたものか、遠い山脈(やまなみ)から吹き寄せて来た風がDのコートの裾を激しく寂しくはためかせた。


町へ戻って、馬車屋からまだ完璧じゃありませんよと何度も念を押されたものの、約束の倍の料金を払って馬車に乗りこんだのが、一時間と少し前だ。

全力疾走のはずが、背後からバイクのエンジン音が近づいて来るのを知って、ボリスは馬車の扉を開けて、屋根に上った。背後に眼を凝らすと、確かにバイクらしい形が砂塵を後に残しつつ接近中だ。しかも、馬車より速い。三分足らずで追いつかれてしまうだろう。

二分で馬車と並び、窓から二人に話しかけて来たのは、ジェルミン・ウィルクだった。

「あんた方のことは、もう〈都〉でも評判でな。是非、会ってみたいと防衛省のトップからお達しが下ったのよ。おとなしくつき合ってくれんかな?」

「お達しか。おまえはそれに従えばいいのだな」

マイクを通したボリスの声は、悲痛とも軽蔑ともいえる響きを含んでいた。

「だが、少しは、あらゆる上意に対し、それが何をもたらすか考えてみるがいい。といっても思考する材料がなければ無駄だが」

「夫人の症例は、貴族によるある種の実験の結果だ」

ウィルクは平然と言った。

「〈都〉はそこまで知っておるか?」

ボリスの声は驚きを隠さない。

「いや、上からの指示は、あんた方を〈都〉へ拉致(らち)せよだけだ。夫人のことは何も触れていない」

「――では?」

「〈都〉で飲んだり食ったり歌ったりしか能がない兵士にも、事情はあるということだ。夫人の件は、〈北部辺境区(セクター)〉から流れて来た〝噂屋〟から聞いた」

〈辺境区〉一帯を廻っていれば、どんな商人でも奇々怪々な話を耳にする機会が増える。〈都〉

の人間が聞けば、吹き出すしかない単純な噂話でも、〈辺境区〉の物語は、必ずある種の実質を伴っているものだ。仕入れた商人や流れ者たちにとって、それは多くの場合、宴席の余興で終わるが、聞かされる方は、他愛もない怪異譚を底で支える実態を探り出さずにはいられない。怪異が被害をもたらす場合、それに知悉しておくことは、明日は我が身の運命からの救済につながるのであった。

「熱心なことだ」

　ボリスは窓外のバイクと男を眺めて、

「残念ながら、同道はいたしかねる」

「予想どおりだが、そうかいと帰るわけにもいかんのだ」

　すう、とバイクが離れた。

　ボリスがステッキをふり上げた。Dに一矢を報いた武器だ。だが、ウィルクとの距離は如何ともし難かった。

「奴は雷火矢を射って来る。何とか躱せ。この先に味方がいるぞ」

「はい」

　ボリスの手綱は妻に渡った。

　バイクの両サイドから小さな炎が飛び出し、馬車へと走った。雷火矢——超小型ミサイルの目標は車輪であった。

エレノアがぐいと腰を落とし、一気に跳ね上げた。驚くべし、その腰を追うかのように、六頭の馬も空中へ浮き上がったのである。雷火矢はその下を通過し、彼方の森に小さな火の球を形成した。

次の事態をウィルクは予想していたのかも知れない。ボリスのステッキが彼を指すと同時に、虚空よりひとすじの雷光が垂直に彼とバイクを刺し貫いたのだ。

「〝呼雷術〟だ」

とボリスは言った。

「妻が異人と化したとき、彼女を守るため、私も妖術師の力を借りて、人間を捨てた」

バイクとウィルクは激しく打ち震え、数ヵ所から黒煙を噴き上げた。

一瞬にして落雷を招き、標的を焼き払う〝呼雷術〟。ボリスがこれをDに使わなかったのは、Dを甘く見ていたからに過ぎない。

エンジンがふたたび咆哮（ほうこう）するまでに、馬車は鈍重な姿に似合わぬ猛スピードで、街道の右手に建つ廃墟へと身を捻（ひね）っていた。

ボリスの言葉どおり、大農家らしい廃墟の前庭には、〈辺境区〉でも珍しいものが集まっていた。

けばけばしい塗装と絵で飾られた数台の馬車と、おびただしい檻である。味方とはこれか。

檻の中には猛獣の定番〝双頭虎〟と〝小火竜〟を筆頭に、毛むくじゃらの〝毛獣（もうじゅう）〟、ゼリーの塊としか見えぬ〝粘妖〟、数十本の吸盤付き触手を鉄棒の間から蠢(うごめ)かせる陸生食肉生物、通称〝タコ親父〟らが身を横たえていた。柄にもなくおとなしいのは、麻薬を与えられているせいだ。

　平穏な庭中に忽然と出現した異形たちを、赤、黄、緑——派手な衣裳を身に着けた男女がせわしなく駆け巡っては、餌入れ口から肉の塊や水を投げこみ、排泄物の処理をして廻る。その動きの敏捷(びんしょう)なこと、軽業師のごとくであった。それこそ、ダマダーレの町に貼り巡らされていたポスターの主人公「怪物座」であった。

# 第四章　〈都〉からの刺客

## 1

専用馬車の外に出て、座長のクールベが、暮れなずむ平原と彼方の山々をけだるそうに眺めていた。

「座長、しっかりして。また溜息なの？」

可憐な声が頭上から降って来た——と思うや、音もなく彼の前に舞い降りたのは、薄桃や青、ベージュの薄衣を何層も身に着けた美少女であった。空中芸人のブリギッテだ。火の輪をくぐったり、逆に火を噴いたりの獣たちの芸の合間に、特殊な衣裳を着けて宙を舞い飛ぶ飛翔芸は、場つなぎどころではない絶大な人気を誇っていた。

「おお、ブリギッテ」

クールベは心底、人の好い笑顔になった。この少女以外には見せたことがない。

「心配事なんかないさ」

と大嘘をこいて、

「空から見た地上はどうだった？　美しかったかね？」

「いつもどおりよ。それより、六頭立ての馬車が一台、こっちへやって来るわ。多分、ここへ入って来るわよ」

「何人乗りだ？」

「二人――」

「数のうちにも入らんな。ビースト見物だけでもさせて、見学料を徴収するか」

「でも、お金持ちみたいよ」

ぱっとほころんだ脂肪(あぶら)ぎった顔が、すぐしかめ面に化けた。

「そりゃあ好都合だ。見物料を十倍吹っかけてやろう」

「――でも」

ブリギッテが言いかけた時、異様な声が空気を震わせた。

獣たちが一斉に唸りはじめたのだ。

「あらあら、どういうことじゃいね」

二人の背後から、馬車の端を廻って白髪の老婆が現われた。魔法陣を編みこんだ長衣を被り、右手には黒猫を抱いている。占いのコリンヌ婆さんだ。

こちらをふり向いた二人が何を言いたいのか、その表情から見抜いて、

「火竜は戦いたがってるね。三つ首大蛇も右へならえだ。でかいのや凶暴なのは闘る気満々
――小さくて気の弱いのは心から怯え切っているよ」

「どうしたと――」

訊きかけて、クールベは少女を見つめた。

ほどなく街道から前庭へ、馬車とひと組の男女が砂塵とともに駆けこんで来た。

狂ったような六頭のサイボーグ馬が、御者台の女の手綱のひと絞りでぴたりと静止するのに
団員たちは眼を丸くしたが、御者ともうひとりの男の人相風体を見て、さらに驚いた。

「どちら様かね？」

とベルトに短刀を差しこんだ団員が訊いたところへ、クールベとコリンヌ婆さんが駆けつけ
て来た。そして、

「どなた様かね？」

全く同じ問いを放った。

「私はボリス・ウィチャリー。こっちは妻のエレノアです。実は貴族の手下に追われています。

匿っていただきたい」

「ウィチャリー？　あの英雄殿の血縁か？」

クールベとコリンヌ婆さんが顔を見合わせた。

「わかった！」

クールべは両手を打ち合わせ、コリンヌ婆さんは、怒りと軽蔑の交じった視線を彼に与えた。

「それは――助かる」

ボリスが声を弾ませ、隣りの妻も、

「ご侠気（きょうき）に感謝いたします」

黒いベールを透かしても、息を呑むような美貌が頭を下げ、金鈴のような声が渡った途端、団員たちはしばらく腑抜けと化すのであった。彼らはみな、この女のためなら生命も要らないという異常な思いに取り憑かれたのである。

水を差したのはクールべである。彼は二人に向けた笑顔を急に卑しくした。

「ここには獣もいる。それを操る男どももいる。ウィチャリーという名前のご夫妻のためなら生命を懸けて戦いましょう。しかし、たとえば怪我をする、手傷を負う、腕を失くす、最悪生命まで――となりますと、彼らに頼っている弱小見世物団としては非常に困るのであります。いまでも我が財政は困窮し、獣たちの餌の肉片ひと切れ、団員たちのパン一枚にも事欠くありさま。いえいえ、英雄のご末裔（まつえい）を救うために生命を捧げる――決して悔やみもためらいもいたしませんが、実は家族のある者もおります。残された者の行く末を考えれば、不動の決意も鈍らざるを得ません。そこでひとつ――」

「承知した」

とボリスはうなずいた。

「これでよろしいかね？」

いつ取り出したのかはわからない。だが、クールベがあわてて両手の平で受け止めた黄金の硬貨は、確かにボリスの手から飛んだものだった。

「これは――千ダラス貨幣！」

周りの男たちも次々にそのかがやきを覗きこんだ。これから一〇〇年間興行を続けられる金額だ。

「足りますかな？」

「そりゃあもう。貴族だろうと何だろうとお任せを」

「その勇者たちを、妻と一緒に閲兵したいのだが」

「いいですとも」

クールベは恥も外聞もなく両手を揉み合わせた。

ボリスと妻が地上に並んでから、

「では、こちらへ」

意気揚々と檻（おり）の方へ歩き出そうとしたとき、

「お待ち」

鋭い老婆の声がその足を止めた。

伏せた。


「あんたはいい」

コリンヌ婆さんは、ボリスを指さして言った。

「かなり影響を受けてしまってはいるが、あんたはいい。だが、奥さんはいけないね」

何を言い出すつもりだ、この糞婆あと眼を三角にしたクールベの激怒を、老婆の低声がねじ
「奥さま――何をなさるおつもりか知らんが、そこから一歩も出ないでいただきますわい」

そして、この歳で、と数十年来共に生きて来た団員たちが眼を丸くした柔軟ぶりで、上体を
前屈させると、自分の爪先に横一文字――五〇センチほどの線を引いた。

「私が貴族もどきに見えますか?」

黒いベールの女は、静かに前へ出た。

「エレノア」

夫の制止も妻は無視した。六歩進んで線の前へ来た。

踏み越えたのは、ひと呼吸置いてからであった。

低く鋭い呻きを上げて、その場に昏倒したのは、コリンヌ婆さんであった。

エレノアは足を止めずに進んだ。

「婆さんを見てやれ!」

と立ちすくんだ団員に命じ、クールベはボリスへ事情を問い質そうとしたが、言葉は出て来

なかった。

「止めるんだ」

喉に何か詰まったような声が上がった。団員に両脇を支えられて立ち上がったコリンヌ婆さんであった。

「その女は……貴族の……」

そこまで言い放ったのが最後で、老婆はがっくりと首を垂れ、左右の二人をよろめかせた。

事ここに到って、クールべも事態の真実に気づき、ベルトにはさんだ火薬二連銃を抜いて、ボリスに向けるや、

「その女を押さえろ！」

と絶叫した。

しなやかな影へ屈強な団員たちが殺到する。

一同の前に虚空から、これもしなやかな影が舞い降りた。地を行く黒ずくめに対して、こちらは虹色の印象が夕暮れ近い蒼穹に人の形を取った。蝶のように広げた羽根——というか飛翔技術を施した羽衣を身体に巻きつけて、ベルトの背に装着した短剣を抜いた。

「何のつもりか知らないけれど、ここは通さないわよ」

「お退き」

とエレノア・ウィチャリーは命じた。

権柄ずくなその様子に血が昇ったか、少女――ブリギッテの柳眉が吊り上がるや、

「お止まんなさい！」

言うなり、ナイフを投擲した。容赦なく心臓を狙ったその刃の柄を、エレノアは左手の一閃で握り止めた。どよめきが上がった。棒立ちになるブリギッテの前へ、信じられぬ滑歩を進めるや、エレノアはナイフを捨て、その手で少女の肩を摑んだ。

「あああああ」

ブリギッテの叫びは骨まできしむ痛みのせいだが、本当の恐ろしさはそれではない。

ブリギッテは紙屑のように放り投げられ、しかし、地面にぶつかる前に、ふわりと宙に舞い上がった。なす術もなく上空から睨みつけるしかない――と見えたが、すぐに羽衣を翻して敷地の奥へ飛び去った。

地上でもエレノアは風のように走った。団員たちが殺到する前に、並んだ檻の前に達した。

団員たちは立ちすくんだ。

女は三つ首大蛇の檻に右手を差し入れたのだ。

その肩から手の甲へ三つの蛇頭が牙をたてた。その内部には毒嚢が牙先まで管を伸ばしていた。

だが、牙はすぐに離れ、エレノアはその手で、三つの頭部に優しく触れたではないか。

次の檻は鉄の函の天井から炎を噴き上げた。火竜の棲家であった。

右方に、旅芸人の一座らしい馬車の列を確認した刹那、サイボーグ馬の鼻面一メートルほど先に、黒猫を抱いた虹色の少女が降って来て、止まった。

Dは馬を止めない。少女は距離を保ち続けた。同じ速度で後退したのである。旅芸人の飛翔術、飛行術は数多いが、これは名人芸に近い。

「別嬪(べっぴん)じゃのお。一〇年後が楽しみ――ぎゃっ⁉」

左の拳を握りしめ、Dは眼前一メートルの少女に、何の用だ？　と訊いた。

「聞いて。あたしたち旅の怪物芸団なの。そこへさっき――三〇分くらい前に、夫婦が馬車で乗りつけて、何かしていったの」

「何か？」

とD。

「あたし、女の方が怖くて、空中にいたからわかんない。でも、何かしたのよ。いま下りてみたら、みんなおかしいんだもの」

「おかしい？」

「よくわからないの。見た目もやることも少しも変わらない。でも、いつものみんなじゃないの」

「やって来た女の方が、団員や檻の中のものに手を触れなかったか？」

「見ていないの」

ブリギッテは眼を伏せ、黒猫の頭を撫でた。それから、はっとして、

「あたしも――触られたわ。女が檻の方へ行こうとしたので、止めたら――」

少女の頬が、みるみる薔薇色に染まった。Dがその眼を覗きこんだのである。

途端に、猫が腕からとび下りて、ブリギッテの後ろに隠れた。毛が逆立っている。獣にはわかるのだ。世にも美しい若者の醸し出す鬼気が。

陶然と立ちすくむブリギッテの額に、身を乗り出したDの左手が当てられた。

数秒で離れ、

「大丈夫なようじゃの。しかし、他の奴らがやられたとすると、これは少々おかしいぞ」

「触られる前に、何か術にかけられたか？」

とD。

「いいえ」

ぼんやりと横にふられた顔へ、

「おまえに触れた相手はどうした？」

半ば呆けた顔に、少し間を置いて、正気の風が吹いた。

「コリンヌ婆さんが線を――」

ブリギッテはその件を話した。

「それじゃな。婆さんの引いた線が、女の力を失わせたのじゃ。ただし――恐らくはこの娘ひ

とり分」

「え？」

ブリギッテは一座の方をふり向いた。

「じゃあ——やっぱり」

「おまえは空にいろ」

「え？　——みんなは？」

「みな貴族もどきになった」

Dは静かに告げた。

「獣たちも同じだ。処分する」

「——処分——って？　みんな、普通なのよ。お陽さまだって出てるし」

答えず、Dはやって来た方角をふり返った。

「じきに娘が来る。ここで待つようおれが言ったと伝えろ」

ブリギッテはうなずいた。他に頭を巡らす余裕はなかった。小さな胸の中には、人生で初めての破滅と絶望が芽生えつつあった。もうひとつ——恋心が。

誰の眼にも、普通の空間を普通の時間が流れているとしか見えなかったろう。

檻の中の妖物たち。その周囲で餌を与えたり、軽業の稽古に励んでいる団員たち。

サイボーグ馬を下りたDが近づくと、みな恍惚の笑みを見せた。

団長のクールベが、はみ出た下腹を叩きながらやって来た。左手に鞭を摑んでいる。

「ようこそ。けど、もうおらんぞ。うちの自慢の獣どもを見ていけ」

背を向けて歩き出した後を、Dも歩き出した。こちらも緊張の色はかけらもない。

クールベが足を止めたのは、いちばん手前の檻の前だった。

三つ首大蛇が、しゅうと鎌首をもたげた。

## 2

「ご用心ご用心」

左手がおどけた調子で言った。

「ここの獣は軒並みやられておるぞ」

檻の扉が開いた。大蛇の頭が押し開けたのだ。鍵はかかっていなかった。

のたりと地上に下りると、また鎌首をもたげて、残りの胴が下りてくるのを待った。

Dは待っていなかった。

すう、と近づくなり、一刀を横に薙いだ。首は揃って宙に舞い、鮮血がそれを追った。

血を噴き上げつつのたくる胴体を気にもせず、Dは奥へと逃げるクールベを追った。

クールべはすべての檻の扉を開放していった。

最初に出て来た黒い毛の塊――黒毛獣が身を痙攣させた。毛の塊が飛んで来た。数千本のそれは、ことごとく針の硬さと鋭さを有していた。

Dは右下方へ刀身を突き下ろした。刺したものを投げた。黒煙のごとき針の塊は、空中で荷車を貫いて止まった。のみならず、車ごと黒毛獣に激突した。

奇怪な叫びを上げてのけぞる心臓を、Dの一刀が冷酷に貫いた。

続く双頭犬も火竜もDの敵ではなかった。彼らは次々に斃れ、生得のもの、よりひと廻り長い貴族の牙を噛み合わせながら、救いの滅びに身を任せた。

団員たちも襲いかかった。

貴族もどきの速度でDを取り囲み、切りかかって来る男たちの間を、Dと刀身は飛燕のごとく舞った。

首が落ち、心臓が串刺しにされた男たちの向うに、クールべが立っていた。ただし、すくんではいなかった。

無惨にのびた牙にふさわしく、体型がふくれ上がっていくのを見て、左手が、

「あいつも芸人だったか」

とつぶやいた。

クールべの身長は五メートルに達し、肩の張りや胸の厚み、四肢の太さ等もそれに合わせた

ため、奇形的な感じは一切しなかった。

「いねえと言ったはずだぞ」

とクールベは高みから喚(わめ)いた。

「では――何処(どこ)へ行った？」

「道の先よ」

「このサーカスの呼び物のひとつに、『消失小屋』があると聞いた」

とDが言った。

「覗かせてもらおう」

偉そうに左手が続けた。

「あれは不入りで潰しちまった。跡形もありゃしねえ」

「嘘よ」

異議は空中から降って来た。

地上七、八メートルの位置に虹色の人影が滞空中であった。クールベが怒りの眼差しを向けて、

「ブリギッテ――わしを裏切る気か？」

「あなたは、あたしの知ってるわしじゃないわ。他のみんなも別人になってしまった」

「何になったと言うのだ？」

とクールベ。

「貴族の一味よ」

「バレたか」

巨大な団長は頭を掻いた。そこにかつての、強欲者だが何処かお人好しの片鱗を認めて、ブリギッテの胸はふさがれた。

それも、にんまりと笑った唇から、二本の牙を見るまでだった。

不意にクールベが右手をふった。その描く軌跡の先にブリギッテがいた。

赤いすじが五本、その頬の一〇センチほど先をかすめた。血であった。クールベの五指は一瞬の閃光に第二関節から切断されていたのである。

閃光はDの鞘に戻らず、クールベの胸へと走った。

その巨体からは信じ難い速度で獲物は後方へ跳躍し、腰の蛮刀を抜いた。巨人ショーのためにあつらえた刃渡り三メートルもの武器であり、宙に飛んだままのDの胴を断ち切るには十分すぎる長さと力を有していた。

Dの刀身は難なくそれを撥ね返し、コートの裾が翼のように翻って彼を空中に留める間に反転、クールベの首を皮一枚残して切断していた。

噴き上がる鮮血の激しさは尋常であった。倒れるクールベの姿は元に戻っていた。死がその妖術を解いたのだ。

ブリギッテの眼から涙が落ちた。

Dは定めていた目標に向かった。

二〇メートルといかない地点に、大きなテントが建っていた。防水防腐地の表面には幾つかの焼け焦げが散っているが、それ以外の傷はない。位置からして、怪物どもを見物した後――最後の見世物(アトラクション)になるらしい。

入口には二枚の板製のスイングドアがついていた。

Dのかたわらに、ブリギッテが舞い降りて来た。

「そこは危険よ。あたしたちも入るのを控えていたわ。入ったきり出て来なかった人たちが何人もいるの」

「どんな連中じゃな?」

と左手が訊いた。

「大抵は、悪いことして追われてる人たちよ。団長にお金払って、そこへ入ったきり出て来なかったわ」

「逃亡の手助けじゃな。普通の客はどうじゃ?」

「いつの間にかテントの外にいるの。それだけだけど、みんな喜んでたわ」

「別の世界の技を眼のあたりにする。それだけで驚いてしまう。人間というのは変わらんな」

「そうやって人間は進歩して来た」

とDは言った。

「驚きの正体を探ろうとして、だ。そして、貴族に叛旗を翻した。――貴族もどきが二人、ここへ入るのを見たか？」

ブリギッテは首をふった。

「見てないわ。近くをひと廻りして戻って来たら、二人も馬車も消えていた」

「街道には出なかったのだな？」

とD。

「それは確かよ。上から見ていたわ」

Dはすぐテントの入口を抜けた。

左方へ通路がのびている。左右は布の壁だ。

「気をつけい」

と左手が呼びかけた。

「この先で空間が歪んでおる。何処へ続いているかわからんぞ」

「わかっていたことがあったか？」

左手の平に眼と鼻と口が生じ、微妙に歪んだ。

「ま、それもそうじゃ」

未知の土地、未知の場所――そこがDの歩む先なのであった。

テントの外観に沿ってカーブしていた通路が鋭く右へ折れた。

Dの動きにためらいはなかった。

高度一〇〇メートルの風の強さは地上とは比べものにならない。ブリギッテは虹色の衣裳を巧みに調整してバランスを取らなくてはならなかった。

舞い上がったのは、空からテントとその周囲を観察するためだ。時折、テントの中に入った若者を思い出して、その美貌が紅く染まる。恋の証しだった。

だからこそ、地上を探す眼は、鉄をも貫くように凄絶だ。

その眼が険しくなった。一座の空地から街道に沿って一キロほどの地点からこれも一キロほど、岩山が続いている。磊磊(らいらい)たる岩塊の間に、バイクらしい塊が横倒しになっているのだった。

それに単なる旅人の乗り物以上の凶凶(まがまが)しさを感じたのは、〈辺境〉に生きる者の勘か、それとも空という地上の泥濘的思考とは縁を切った清々しい世界の伝える信号であったか。ブリギッテは降下に移った。

バイクの右横に坐した岩塊の隅から、二つのペンシル状の物体が飛び出して来たのはその時だ。飛び方から、磁力飛翔体だというのはすぐわかった。

ブリギッテは軽く両手首をふって、腕輪(ブレスレット)から二〇センチほどの刃(やいば)をふり出した。腕輪の内部(なか)に折り畳まれていた凶器であった。

可憐な瞳には、闘争の火が燃えている。下からの飛翔体とそれを放った者を、彼女は敵と認識したのであった。

「さあ、いらっしゃい。あんたたちを片づけてから、打ち上げた奴にも後を追わせてあげる」

眼前に迫ったのは、長さ二〇センチにも満たぬ、〈都〉で見た万年筆とやらに似た物体であった。

刃の描く光が飛翔体と二度ずつ交差した。

胴体から切り離された頭部はさらに二つに割って、センサーと爆破信管とを失い、暴走を開始した胴体部を、ブリギッテは素手で握り止めた。

飛翔体（ミサイル）の発射地点上空二〇メートルまで降下し、バイクらしい乗り物と、かたわらに立つ影を捉えた。こちらを見上げている顔は——男だ。それだけで、背筋に冷たいものが走る凄絶さがあった。それを打ち消すように、ブリギッテは手にした飛翔体を放り投げるや、上昇に移った。

下方で火球が生じ、黒煙を押しのけつつ巨大化していく。

灼熱が追って来た。急な上昇はスピードに乗るまで時間（とき）を要する。靴底から猛烈な熱気が足裏を叩いた。

「くう」

と洩らしつつ上昇を賭けるしかなかった。

三〇メートルを超えたあたりで熱は退いていった。

見下ろす顔の横を黒い筋が二本昇っていった。ひどく細くて薄い板状の金属だ。震えている。

はっと下を見た。

バイクに乗った男がぐんぐん近づいて来る。さっきの男だった。二体の、否二枚の金属はバイクの底部から延びたレールであった。

「おれの名はジェルミン・ウィルク。岩山の上から、おまえとDのやり取りを見ていた。ミサイルのやり取りをした仲だ。ひとつ、おれの役に立ってもらおうか」

その首筋を切断するはずの刃は、火花だけを散らして止まった。

「済まんが、こっちは〈都〉製でな」

ウィルクの首の装甲で止まった刃から、全身を麻痺させる衝撃波がブリギッテを襲ったのは、次の瞬間だった。

必死に飛行を続けようと試み、しかし及ばず、最後の力をふり絞って軟着陸に成功したものの、そのまま意識を失った身体を灰色の手が抱き止めた。

あらゆる感情を失った可憐な顔を見つめて、

「行くぞ、D。おまえも手を出せぬ、新しく、無邪気な刺客がな」

とジェルミン・ウィルクは、半ば外した兜（かぶと）の下で、邪気に満ちた笑みを黒々と広げた。

「これはこれは」

と左手が唸った。

通路を曲がった先は、広い荒野であった。彼方に森、その遠くに山脈(やまなみ)が霞む荒原は、テントの外の光景ではあり得なかった。

「空間歪曲の手段を何処で学んだものか？」

と言ってから、

「恐らく偶然だろうな。でなければ、あの老婆じゃ。恐らくは金のありそうな客に限って、特別なアトラクションをお見せしますと誘ったものじゃろう」

Dの髪が乱れた。大地を風が渡って来たのである。

左手が続けた。

「ここへ放逐された連中はどうなったものか——ウィチャリー夫婦も同じ目に遇うたか？」

「案内したとき、団長はすでに夫婦の下僕だった。ここへ案内したのは、脱出路があるからだ」

Dが眼を細めた。荒野の果てを見通すような眼差しを、点々と続く木の板に当てた。墓標であった。

「ここへ投げこまれ、さまよった挙句に餓死した連中の墓じゃろう。墓標を立てるとは。まともなこころを持つ奴もいたらしいの。それでもこの蛮行に加担したには違いないが」

Dは荒野へ入った。

ひどく寒い。一時間も歩けば、人間なら凍死を迎えるだろう。

墓標に名前はない。青いペンキで、

「許してくれ（FORGIVE ME）」

と記されていた。

Dが左手を上げた。手の平に小さな口が開いて、ごおと空気を吸いこんだ。

数秒で閉じると、北西を指さし、

「あちらじゃな。気配が残っておった」

大気に刻印された存在者の痕跡を、この左手は確認し得るのか。

乱れぬ歩行は一時間に及んだ。

大地の彼方——二〇〇メートルほど前方に、平べったい建物らしい影が見えた。陽炎（かげろう）のごとく朧（おぼろ）に横たわっている。

「荒野に忽然（こつぜん）と現われる〝生命の家〟は何度も見たが、これは違うぞ。用心せい」

風の向うに建つ家は、平石を積み重ね、隙間に瀝青（アスファルト）を塗りこめたものであった。風の強い〈西部辺境区（セクター）〉でよく見かける普請だ。

窓ガラスの向うから明りが洩れている。

「家が手招きしておるぞ」

左手が舌打ちした。

五分ほどで辿り着き、四方の気配を探ったがまるでない。家の中も同じだった。

無人の家に点(とも)る明り。

Dは木のドアを押した。

外見から容易に想像できる室内であった。

中央にテーブルと椅子が六脚。右奥がキッチンだ。左奥のドアは寝室へ続く。

「これはこれは、気が利くのお」

左手の感嘆は、テーブルの上に並んだ品々へのものであった。一〇人前もありそうな、肉汁たっぷりのローストビーフ、パンとバター、辺境葡萄と林檎が大籠にもられ、中身がたっぷり入った水差しと自家製らしいワインの瓶を、真鍮(しんちゅう)のカップが取り囲んでいる。

親子らしい男女が四人、先に手をつけていた。

中年の妻らしい女が、

「いらっしゃいな」

と声をかけて来た。

ここの住人は、特製のもてなしごころを備えているようであった。

## 3

〈辺境〉の謎は多いが、ある土地に忽然と出現する〝喰家(くいえ)〟はもっともポピュラーかつ永遠の謎とされている。

　実態はその名のとおり、人を食らう家――あるいは建物だ。

　ある日、それまで何ひとつ存在しなかった土地に、忽然と家屋らしい建物が出現する。その姿は何十年も前から建っていたように違和感がない。汚れもひびも歪みも、そこの空気と馴染んだ歴史だ。

　そして、夕暮れに悄然(しょうぜん)と窓に明りが点る。

「まだ少し早いがの」

　左手の声を青い闇が包んだ。

「ここは前の世界と違う。出るには、もてなしを受けるしかあるまいて」

　聞き終える前に、Dは一刀を抜いた。

「もてなしは十分だ」

　と言った。

「だが、味付けは合わんな」

テーブルの上を光が巡った。肉は裂け、パンは切れ、スープは渦巻いた。

光が失われたとき、テーブルの上には何もなかった。

「ひと口でも胃に収めたら、元の世界には戻れんぞ」

左手が四人の先入者に声をかけた。

「――と言っても、もう遅いか」

「余計なことをしてくれたな」

五〇年配の父親が怒りを声に滲ませた。ローストビーフを刺していたフォークは、彼の手から消えていた。

「仲間に入れようと思ったのに。ねえ?」

女の誘いに子供たちがうなずいた。

「二人連れが来たか?」

「うん!」

と男の子がこっくりした。

「何処へ行った?」

「来たけど――すぐ出てった」

と女の子が言った。どちらも七、八歳に見えた。

「そいつらに触られたかの?」

嗄れ声は、家族全員を驚かせ、Dの方へふり向かせた。途端に異界の顔が桜色に染まった。

「きれーい」

女の子が夢見るようにつぶやいた。

「奴らに触ったか？」

今度はDの問いであった。

父親がうなずいた。

「二人はすぐに出て行った。その前におれは二人と握手し、女の方は女房と子供たちの肩を叩いて廻った。『さよなら』と耳もとでささやきながら、な。あれから、おれたちは、違うものになったような気がする——さよなら、か。人間にさようなら」

父親の口から牙が覗いた。唸り声は獣を思わせた。Dめがけて躍りかかった姿は、野獣そのものであった。

彼はDの身体を貫いい、て床に激突した。身体には首がなかった。それは右方の壁にぶつかって半ばつぶれてしまった。

「父さぁん」

娘が叫んだ。父を悼む声ではなかった。かけていた椅子をふりかぶるなり、Dめがけて投げつけた。

左の拳の一撃で粉砕し、Dは前方へと走った。

「やめて！　殺さないで！」

可憐な哀訴は、どんなに猛烈な殺意を抱く相手でも押し留める力があった——D以外は。

娘の首を断つや翻った刀身は、とびかかって来た母親の心臓を貫き、新たなひとふりで床へ叩きつけた。

残るひとりは、奥の暖炉の前に移動していた。

「僕も殺すつもりか？」

少年は血のるつぼと化した両眼を見開き、乱杭歯（らんぐいば）を剝いた。

「なりたくてこうなったわけじゃない。僕と家族がこんな風になったのは、あの二人のせいだ」

子供らしいきんきん声の主張に何を感じ取ったか、

「歌が聴こえるか？」

とDが訊いた。

少年はとまどった。意味がわからなかったのである。

Dは続けた。

「おまえは歓んでいる。いまのその身をな。そして、もとより人に非ず——正体を現わせ」

音もなく走り寄るDから少年は後じさり、暖炉の石枠で止まった。

その身体がすうと枠に溶けこんでいく。Dの刀身が左胸に吸いこまれた。少年の幻は消えた。

石枠を貫いた刀身を、Dは引き抜いた。

　家が歪んだ。天井は傾ぎ、床は傾斜し、壁は内側へ反り返る。

「恐るべき人間がいたものだ」

　何処からともなく歪みつつある家の声がした。少年の声だ。

「私はこの家に棲むものだ。長い長い間、この家とともにいた。今日は新しい時を迎えた。貴族と同じ存在になったのだ。何という奇蹟だ。私はさらに力を増す。そして訪れた者たちすべての血を吸い尽してやろう。その前祝いに、おまえほどふさわしい男はいまい」

「そのとおりじゃ」

　嗄れ声が棲むものに告げた。

「だが、こ奴には祝いより弔いがふさわしい。わからんか？」

　Dが滑るように走って、部屋の片隅に寄った。北東――遠い昔、遠い彼方の国で「鬼門」と呼ばれていたところだ。

　刃が薙いだのは、何もない空間であった。そこから苦鳴が上がったのである。

「おおおお……何という断ち方をするか……私は……私は朽ち果てるぞ……」

　ここでがらりと変わって、

「――と泣き叫んだだろう。ついさっきまでの私ならば」

　哄笑が室内に木霊した。

「いまの私は貴族の仲間だ。望んだ結果ではないが、いや、望外の幸運であった。結果は——おまえにも負けぬ、だ」

　Dの上に太い梁が落ちて来た。間一髪で躱すと、天地が逆転した。床が上に天井は下に。一瞬、あらゆる時間方向感覚に狂いが生じた。

「生まれ変わった私の手で死ね！」

　空中に靄状の物体が現われた。それは細長い腕とも触手ともつかぬものをのばし、倒れた椅子を摑んでひとふりした。他の部分は吹っとび、一本の脚だけが残った。その端は杭のように尖っていた。

　天井に落ちた自分へと走ったそれを、Dは左手で受け止めた。

手の平に生じた小さな口で。

　瞬時に杭は吐き戻された。その吐逆作用の威力がどれほどのものであったか、唸りをたてて飛翔したそれは、途中で回転し、鋭い切尖を靄の中心に打ちこんだのである。絡め取ろうとした触腕はすべて断ち切られた。

　絶叫が走った。

　再び天と地が入れ替わり、Dは床の上に降り立った。その眼前で忌わしい影が無惨な動きを見せた。

「こんな……たかが杭ごときで……この私が……貴様……何者だ？　どうして？」

「貴族の傀儡に成り下がる道を選んだとき、おまえは同時にこうなる道を選択した」

Dは淡々と告げるや、床を蹴った。

もがき抜く凝塊へ上段唐竹割りの一刀。ぎゃっ、とひと声上がるや、世界は変貌した。

岩山を左右に望む寒々しいが平凡な荒野にDは立っていた。風がコートの裾をはためかせた。

ちら、と太陽を見上げると、

「テントからは五キロほど西じゃな。ここと人食いテントがつながっていたわけじゃ」

左手がぼそぼそと告げた。

Dが口笛を吹いた。乾いた音は風に乗って広がった。

「サイボーグ馬は五分で来るが——あの二人に肉迫とはいかんな」

返事もせず、Dは左方の岩山を見つめていた。その陰からサイボーグ馬の姿が現われるまで、一分とかからなかった。

「運の強い奴め」

鞍上人になっても答えはせず、Dは馬上で幻の家をふり返った。

貴族になったと歓喜していた妖物。

血を吸う者への変身は、魔性さえ狂わせるものなのか。況んや人間をや。

氷のメカニズムで出来ているような若者にも、思いはあるのだろう。彼はそのような者たちを斃さなければならない。

だが、すぐに手綱を引き絞るや、サイボーグ馬の横腹をひと蹴りして、Dは怪物座のあった方角へと走り出した。

空気は青く変わっていた。

「夜が来るわ」

と揺れる馬車の上で、エレノアが言った。

歌のようだと、ボリス・ウィチャリーは思った。妻の声と口調はそのように変わりつつあった。だが、それはどんな歌なのか。

「そうだ、夜が来る。このまま走るぞ」

「そうなさって、あなた。急いで急いで。誰も追って来ないうちに」

「いいとも。そうしよう」

馬に鞭当てながら、髪を風になびかせながら、ボリスは何処か苦しそうに訊いた。

「〈都〉からの敵は間に合うまい。だが――もうひとりはわからんぞ」

「D」

「そうだ、Dだとも」

ボリスの声に含まれた悲痛さに、エレノアは気づいたかどうか。

しかし、白い美貌は悲しげにふられた。

「いいえ、誰だろうと、私たちには追いつけないわ。私たちは二人きりよ。この道の果てまでも」

「そうだね、そのとおりだ」

ボリスは上空を見上げた。月が出ている。

「見てごらん——美しい白い月だ」

「いいえ」

とエレノアは応じた。

「真っ赤な血の色をした月よ。とても不気味だわ」

「おお、夜の鳥が飛んでいく。美しく鳴き交わしながら」

「いいえ。あれは他の生命を求める声よ。私の胸は高鳴ってしまう」

「風が出て来たよ。マグノリアの香りがついているよ」

「私が嗅いでいるのは、いつもいつも血の匂いよ。あなた——あなた——助けて」

「神に祈れ。イスキリの神に」

「祈ってどうなるの？　私はこうなってから一万回も祈った。でも、何も——神なんていないのよ」

イスキリとは、彼らが個人的に信仰する、いわゆる〝独り神〟のことであった。

そして、疾走する馬車の、木の車輪の絶叫に消えてしまう声が、こうつぶやく。エレノア自身の信ずる神の名を。

「――D」

「そうだ、彼が来る。もう悲しむのはやめなさい」

「ああ、あなた――ごめんなさい」

ひとつの名が沈黙を生んだ。幸い破れるには時間がかからなかった。

いきなり車体が左へ傾いた。

道路脇の岩山へと止めようのない軌跡を描く。車体が歪んだ。ドアから放り出されたボリスの身体は、先に岩壁に叩きつけられた妻の右手前数メートルに落下する。その上に、外れた前輪が降って来た。頑丈だが、耐久年数を遙かに超えていた前輪は二つに砕け、鋭い折れ口の車軸を剝き出しにしていた。


見せ物一座がいた空地へ到着して一〇分ほど後、サイボーグ馬に乗ったケルトが駆けつけた。馬と娘の顔に炎が明暗をつけた。

広場の真ん中で燃え上がる死体の山を見て呆然となったが、すぐに我に返って下馬した。

「あなたの仕業(しわざ)?」

佇(たたず)むDを睨(にら)みつけたのは、さすが〈辺境〉の女戦士だ。

「あの二人に先を越されてのお」

左手の無感情な声が、ケルトの唇を歪ませた。Dがこの地へ戻ったのは、死しても甦る犠牲者たちを酸で溶かした上に火葬に付すためだ。馬車の一台に積まれた強酸燃焼剤は、〈辺境〉を旅する者の必需品であった。

「――おまけに逃げられた。のお？」

間髪入れず嫌がらせに変化する呼吸など、神がかりといってもいい。

咄嗟に何と言ったらいいのか判断しかけ、ケルトはすぐ名案が浮かんだ。

「そういえば、おかしなものを見たわよ。空飛んでた娘が、地上からの火矢か何かで撃墜されちゃったの」

「ブリギッテとかいう娘じゃの」

と左手が言った。

「ただ、射ち落としたのは誰じゃ？　大体の位置は？」

ケルトが伝えると、

「そこではウィチャリー夫婦ではあるまい。〈都〉の刺客だの。ここにいないわけじゃ。どうする？　ブリギッテの無事を確かめるか？　それとも、二人を追うか？」

「どちらともいずれ会う」

Dは答えて、サイボーグ馬にまたがった。

「――すると、ウィチャリーだの」

　ケルトが鞍に乗ったとき、Dは疾走を開始していた。

　夕闇に呑まれたその姿を追って、ケルトもまた、人々が暁の光を待ち望む闇の中へと吸いこまれた。


　その夜、街道を西へ折れた農夫アンガスの家は、奇妙な客人たちを迎え入れた。車輪の軸に肺を貫かれて呻く紳士と、無傷の妻であった。

　畑から帰る途中のアンガスと息子のジャンが発見し、連れ帰ったのである。自分たちの好意が何を招いたか、父と息子にはわかっていなかった。

# 第五章　路傍の死

## 1

客間から出て来たアンガスは、緊張の面持ちで迎えた妻のアグネスとジャンへ、粛々と首をふってみせた。

「駄目なの？」

荒野の女らしい皺深い顔が歪むと、アグネスは人間離れしてしまう。水桶を抱えていた。

「一本は心臓を外れてるが、もう一本が肺に刺さってる。ゲルヒン医師が来ても助かりっこねえし、来るまで三時間もかかっちゃ、どっちにしろおしめえだ」

「たんまり持っていそうじゃないの」

アグネスの表情は、別の意味で人間離れした。

「ああ。あの服装を見りゃ、いい家の出だとわかるしな。けどよ、そんな二人が何故あんなに先を急いでたんだ？」

「逃げてるんだよ、何かから」

父母は、邪悪な物言いをした息子を見つめた。

「うまく話をつけりゃあ、この先も大枚を引き出せるぜ。それより、いっそ、いつもみてえに」

「余計なこと言うんじゃねえ！」

アンガスが短く叱咤（しった）した。父と子の気まずい雰囲気を和ませようと、

「じゃ、水を替えて来るよ」

とドアノブに手をかけてから、アグネスはアンガスの躊躇（ちゅうちょ）に気づいた。

「どしたのさ？」

夫は小首を傾げて、

「いや、あの二人――どうもおかしい。亭主の方はあれだけの重傷なのに、声も上げねえし、女房と来たら、枕元についてるだけで、不安そうな顔ひとつと見せねえんだ。どっちも人間離れしてやがる」

「やだよ、あんた、〝もどき〟じゃないだろうね？」

言うまでもない。〝貴族もどき〟――貴族に血を吸われながら、吸血鬼になり切れない人間のことである。普通はその故郷で牢獄に閉じこめられるか、処分されてしまうかするが、そこ

から逃げ出して荒野をうろつく連中も少なくない。

「わからねえ」

アンガスは拳を口に当てた。

「だったら、早めに。ねえ？」

目配せし合ったのは、母と息子であった。それから跳び上がったのは、三人揃ってであった。

「泊めていただいていいかしら？」

客間の戸口で、ウィチャリーと名乗った妻の方が艶然と微笑みかけた。

「そ、そら勿論」

アンガスは何とか平静を保とうとつとめた。

「助かりますわ」

女の瞳は、彼を映していた。

「礼なんて。〈辺境〉じゃ、助け合うのが生き延びる道さ」

「そうだ、水を」

前へ出ようとする女房と水桶を、ぴたりと押し止めて、

「もう大丈夫です。案外軽くて済みました。朝まで眠らせていただければ、治ります」

三人は顔を見合わせた。夫の姿を見た者には信じ難いことであった。

「このまま休ませていただきます。――それでは」

いつ開けて、いつ出て来たのかわからぬドアをもう一度開いて、女は中に消えた。

ドアが閉じても、三人はしばらく動けなかった。


玄関のドアが叩かれたのは、その深更であった。

ジャンが出て、誰だい？　と訊いた。右手に長い山刀(やまがたな)を下げている。〈辺境〉の夜に扉を叩くのが、まともな旅人とは限らない。

「旅の者だ。ここに夫婦連れが来たな」

断定に憤る前に、その声の響きの美しさに、ジャンは夢の中にいる気分になった。

そこへ、アンガスが眼をこすりながら現われ、ジャンから事情を聞いて、

「来たけど、もういねえよ」

と答えた。

「迎えが来て、連れてっちまったぜ」

ドアの閂(かんぬき)が、かすかな音をたてた。その時ドアから生えた黒い刃が、空気でも切るように降下し、閂を二つにしたと目撃していても、すぐには実感できなかった。

ドアはひとりでに開いたように見えた。入って来た旅人帽とコート姿の若者の美貌に敗北して。刃はその背に戻っていた。

「ウィチャリーと名乗ったか？」

と若者は訊いた。

その美しさ。本来なら思考すら忘却してしまう。回答を強いたのは、若者の全身から発する鬼気であった。

「あ、ああ」

いつの間にか、アグネスも加わっていた。ドアの陰から若者をちら見した瞬間に、出て来てしまったのだ。

夫と息子に代わって、

「そういう名前だった。ひと晩泊めてくれと言ったけど、迎えが来たんだよ」

「迎えとは？」

みなは眼をそらせたかった。だが、一度合わせただけで、彼らは若者の眼に魅入られてしまっていた。

「……ローランヌ男爵の……使者だ」

アンガスがつぶれた声をせり出した。

「ほう」

嗄れ声が上がったが、三人は気にもしなかった。

「夫婦を連れに来たのか？」

「そう言ってたわよ」

アグネスである。

「一〇人近い兵隊がついてたぜ」

ジャンである。三人の話を合わせると、二時間ばかり前に、ローランヌ男爵の使いだと名乗る男が兵士たちと現われ、ウィチャリー夫妻を連行していったという。

「でもさ、嬉しそうだったぜ」

とジャンが言った。

「男の方がさ。肺を折れた車軸で貫かれてたのに、連れてかれるときは、ケロリとしていたぜ」

「女は？」

沈黙が貼りついた。嗄れ声だったのだ。すぐに剝がれた。剝がしたのは、女房だった。

「あたしの診立て（みたて）じゃ、女の方が病気持ちだったよ。顔色は悪くないけど、雰囲気が病人さ。貴族からの迎えと聞いたとき、絶対女の方が目的だと思ったよ」

「でも、おれたちにゃあ、何にもしなかったよ」

と亭主がつけ加えた。

「ひょっとしたら〝もどき〟かと思ったが、普通の人間だったらしいな。何処（どこ）か静かすぎて気味が悪かったが、いまとなりゃ、貴族のとこへ連れてかれたのが心配だ。けど、わざわざ迎えに来るってのは、何か貴族とつるんでる大物なのか？　それにしちゃあ、嬉しくなさそうだったんだよねえ。どっちかというと、嫌そうだったよ。あれ、何かね？」

「ふーむ」

と唸ったのは、嗄れ声である。

「邪魔をした」

こう言って、Dは身を翻した。

街道へ出た。ケルトも一緒である。

「どう思う？」

と左手が訊いた。ケルトの眼が光った。口調が気になったのである。

「用意しろ」

Dの言葉はケルトに向けられたものである。

「いつもしてあるわ――今度は誰？」

「貴族の使いだ」

「あら――嬉しいこと」

口だけではない証拠に、娘の全身に殺気が漲った。

「ローランヌの戦法は確か――」

と左手が言いかけたのを、ケルトが受けた。

「空中戦よ」

　Dが左手を頭上にかざした。

「どうだ?」

「おお、待っておるな。道の先――一キロの地点。その上空じゃな」

「何人だ?」

　とD。

「一〇人。飛翔生物に乗っておる」

「ウィチャリー夫婦は?」

「何も感じられぬな。ローランヌの下へ向かっておるのだろうて」

「突っ切るぞ」

　とDは言った。

「いいわよ」

　ケルトの返事と同時に、二つの騎影は夜の道を疾走しはじめた。

「うーむ」

　吹きちぎられる風に、嗄れ声が乗った。

「――ローランヌ男爵の使者は、何故あそこにウィチャリー夫婦がいるとわかったのだ?」

「ウィチャリーの方で連絡したのかも知れん」

　とD。

「何のために？」

「妻の治療の予約だ」

「そうじゃろう。しかし、貴族にしてくれと申しこむ人間どもは後を絶たん。いちいち付き合っていたら生命が——」

ここで切り、

「——幾つもあるか。しかし、何故ウィチャリーだけを迎えに来たものか」

「来た」

とDが言った。まだ闇深い空には月と雲しか見えぬ。だが、彼の眼は、巨大な翼を羽搏(はばた)かせつつこちらへ迫る多くの影を捉えていた。


「どうして、私たちのことを？」

ウィチャリー家のものよりも遙かに豪華な馬車の中で、エレノアはこう口にした。

「あなたが連絡なさったのですか？」

ボリス・ウィチャリーは首を横にふった。

「私は何もしていないよ。何故、いまここでこうしているのか、私にもわからない」

「でも、確かに私たちの名を呼びました」

「そうだ。誰に訊いても答えはしなかった」

使者が訪れたとき、二人はまだ起きていた。

ローランヌ男爵の名を口にした男は、否応なしに農民夫婦にドアを開けさせ、客間の二人に、

「男爵が是非お招きしたいとのことです。お受け下さいますね？」

「何故、我々を？」

こちらから伺うところだと伝える前に訊いてみた。

「存じ上げているのは男爵のみです」

「わかった。同行しよう」

それですべてであった。

「悲しそうだな、おまえは」

ボリスは長椅子に身をもたせかけた妻に言った。答えを求める口調ではなかった。

「いいえ」

「嘘だ」

「いいえ」

「おまえの顔から消えぬ憂い、瞳に留まる哀しみ、声に宿る絶望——前からそうだったものが、さらに色を濃くしている」

「いいえ」

「いつからだと思うね？」

「わかりませんわ」

　妻はいつもの声で答える。

「Dはまだ私たちを追っている。彼は私もおまえも容赦はせん」

「当然ですわ。何の不思議もありません」

「おまえは呪われた身だ。私は呪いを取り除くため、ローランヌ男爵の下へと急いでいる。違うかね？」

「いいえ。感謝しております」

　妻の返事を夫は疑わなかった。

「こうなって、私の望みは叶った。だが、叶えば新たな不安が生まれるのが世の習いだ。私もそこから逃げられはしない。エレノア、君はどんな未来を望む？」

「未来？」

「そうだ」

「明日には、ローランヌの城へ着きますわ。未来などというものはありません」

「時間に運命が加われば、それが未来だよ」

「運命に人が何かを望めるものでしょうか？」

　夫は沈黙した。

「ですが――」

「未来はない——おまえの言うとおりだ。だが、なお、人はそれを望む。私はおまえの望みを知りたいのだ」

「何もございません。ですが、偽りの望みでよろしければ」

「いいとも」

妻の眼に光るものを、夫は涙かと疑ったが、よくわからなかった。

「斬られたいわ。Dとやらの刃で」

「そうだろう」

ボリスはひと息ついて言った。

「彼は必ず来る。その相手はローランヌ男爵。Dといえど容易に斃せはせぬ」

「はい」

と妻は答えた。

## 2

「ここは任せて」

とケルトは素早く武器を整えた。

鋼線発射器に、何かを詰めて弦を引き、桿(ボルト)に固定する。

「奴ら——常道に従っては来んぞ」

左手が言った。

「何をするにしても、やっつけちまえば同じことよ」

「真上じゃ」

左手の声と同時に、地面が揺れた。その表面に闇より黒いものが広がるのを、Dの眼は確認した。

その身体が凄まじい勢いで前方へ投げ出された。サイボーグ馬が急停止したのだ。

「きゃっ⁉」

と叫んでケルトも後を追う。

つまずいたのではない。路上に広がった液体に脚が固定されてしまったのだ。それはマッハ超の速度で移動するものにも付着し、動きを停止させる粘稠液であった。

いかに効果的なものであったかは、急停止を余儀なくされたサイボーグ馬が、その衝撃でことごとく関節部を破壊され、横倒しになったことでもわかる。ケルトの馬など、後ろ脚は破壊を免れたのか、かろうじて踏ん張りながらも、上半身がねじれた奇怪な姿勢で復元をはかっているではないか。

「危いぞ」

左手が呻いた。Dは黒いタールともいうべき粘稠の液のほぼ中央に立っていた。長靴の底は

Dの動きを封じていた。

「畜生――離れろ」

左半身を上に横倒しのケルトが喚(わめ)いた。喚きながら、左手で右手の鋼線銃を何とか掴(つか)もうとあがいている。銃は粘着から免れているのだった。

上空の敵は、効果を確かめたか、悠々と頭上一〇メートルほどを旋回中だ。

差し渡し五メートルもある翼に馬に似た顔と胴を持つ生物は、鳥とはいえなかった。

その上に小さな席(シート)を置いてまたがっているのは、アンガス家を訪れた兵士たちだろう。手には弓を、背中には矢筒を負っている。

一〇条の矢がDに集中し、しかし、ことごとく切り払われた。

一匹が爪に掴んだ円筒を放った。

Dの全身が炎に包まれた。火炎弾である。投下兵は得意気に胸を張った。

その眼前に黒衣の若者が浮かび上がって来ようとは。

頭頂から顎までを割られた兵士の胸ぐらを掴んで、それを軸にDは空中に身を投げた。その両足に靴はなかった。

Dの接近は神速といえた。最初の兵のすぐ左斜め後方の二人が、弓を構える間もなく斃(たお)され、Dは空中で身を捻った。

遅れて飛来した矢を避けたのである。

「下りて！」

下からの叫びに、新たな矢を打ち落としつつ、彼は降下した。その横を見覚えのある円筒が上昇していった。

どのような調整がなされているのか、それは敵の真ん中で分解したのである。中身は数千本の鋼線であった。

空中に血の霧が奔騰した。粘稠の液から離れたところに着地したDと、発射装置を天に向けたケルトの周囲に、血と肉塊が降り注いだ。

「小娘の分際で凄まじい真似をするわい」

左手が呆れたように言った。

「これでも〝武器屋〟よ。甘く見ないで」

Dは前方に落ちて来た下半身に近づいた。腰の戦闘用ベルトの革製パウチを開け、一本の薬瓶を取り出した。蓋を開けると、

「これじゃの」

と左手が鼻を鳴らした。粘稠除去剤である。スプレー状のそれを撒くや、タール状の液は平凡な液体と化した。

「やるのお、お姐ちゃん」

「当然よ」

　しっくり来ないやり取りの後で、

「馬をどうしよう？」

　ケルトは、路上に倒れたきりのサイボーグ馬を見つめた。

「修理するには道具も足りないし、時間がかかる。さっきの農家まで戻って、馬を買うしかあるまいて」

　と左手が言った。

「何か愉しそうよね」

　ケルトが視線を落として毒づいた。

「あんまり身近だと、気の合わない方がうまくいくって言うけどね」

　Dは黙って膝を曲げた。

「乗れ」

「え？」

　おぶされ、という意味なのはわかったが、どうしても彼の言葉とは思えず、ケルトは数瞬、呆気に取られた。

　Dは動かない。

「乗らんか」

　左手が喚いた。

「あ」

あわてて乗った。黒く広い背であった。

サイボーグ馬から下ろした荷物も一緒だ。ケルトの体重を加えればかなりの重さになる。

大丈夫だろうと思った。このたくましい背中なら何とでもなる。あたしひとりくらい、軽々と担いで、何処までも走り続けられるだろう。

Dはすぐ走り出した。

大地を踏む響きがかすかに伝わって来る。

すぐに片頬を押し当てて、思ったとおりだとケルトは満足した。


東の空に水のような光が滲みはじめたとき、二人はアンガスの家へ着いた。

「三〇分しないで着くなんて、信じられないわ。サイボーグ馬より速いんじゃないの」

地面に降りて、ケルトは呆然とつぶやいた。Dの疾走ぶりに度肝を抜かれたのだ。

それから、

「どうしたの？」

と訊いた。

家まで六、七メートルのところで彼女を下ろしたのも気になった。当人は明りの消えた家を見つめている。

「さっきは異常なかったのお」

左手の声に身の毛がよだった。

「まさか……あの親子が……そうなの？」

「夜が明けたら戻るつもりでいたが、やはり、な」

こう言ってDは闇に溶けた家へと向かった。

ドアには鍵がかかっていなかった。

少し開けただけで、不気味な音が聞こえて来た。

たっぷりと何かを嚥下（えんげ）している。臭いでわかった。

内部（なか）に入ると、居間の中に三つの人影が見えた。

二つは横に倒れ、中腰のひとつが、倒れた片方の腕を取って口に当てている。

息子のジャンであった。

「両親の血も吸ったか」

左手がつぶやくように言った。

ジャンがこちらを見た。

薄闇の中に二つの血光が点（とも）った。眼だ。

「——さっきの奴だな。どうして戻った？」

彼は血まみれの口を拭うと立ち上がった。血臭の混じった人型の妖気が吹きつけ、ケルトは身震いした。

「おれたちは、旅人を泊めては、その持ち物を奪って暮らしていた。昨夜の二人もそうして裏に埋めるつもりだったが、別のものを貰っちまったようだ」

ジャンは思い切り空気を吸いこんだ。青白い顔に歓喜の色が漲った。

「おれも親父もお袋もこんな暮らしに飽き飽きしてたんだ。お蔭でおれひとり、新しい生き方が出来るぜ。あの二人にゃ感謝しなくちゃな」

大きく前へ出ようとして、彼は動きを止めた。足首を母親の手が摑んでいた。

真紅の双眸が息子を見上げて言った。

「この親不孝。よくも母さんの血を吸ったね。貴族の仲間になったのは、あんたひとりじゃないんだよ。お返しにおまえの血も吸ってくれる」

ジャンは母の手を放そうとしたが、動かなかった。母親の指がその足首に食いこんでいるのだった。

獣の叫びを上げて、母親は息子の足に牙をたてた。

「こん畜生」

ジャンも母親の頸にかぶりつく。

血をすする音が休みなく室内を巡った。ケルトは眼をそむけた。

すぐ音は熄んだ。

燃える眼が二人の方を向いた。

「何も、母子(おやこ)で吸い合うことはねえよな」

ジャンが舌舐(したな)めずりをした。

「そう言やそうね。またお客さんが来たらしいし。お宿をお捜しかね？」

母子は立ち上がった。両手を胸前に上げ、指を鉤状(かぎじょう)に曲げた。口も胸も真っ赤だ。

口もとから何かが滴った。血ではない。涎(よだれ)だ。

「貴族の仲間か」

左手の声は闇に流れた。

ケルトが武器を肩付けした。その眼には涙が溢れていた。

「D――あなたも嫌いになりそうだわ」

母子が身を屈めた。

跳躍に移る――その瞬間、白光がその首を横に薙(な)いだ。

血の噴水とともに舞い上がった首は、Dたちの横に落ちても、卑しく牙を鳴らしていたが、
すぐあらゆる表情を失った。

首を失った身体がよろめきながら近づいて来た。

発射器の引金を引こうとするケルトをDが止めた。

母子の心臓から次々に刃が生えた。

床を鳴らして倒れた首のない身体の向うに、アンガスが立っていた。

二人を見下ろす顔に、まぎれもない父親の――人間の苦悩が宿っていた。

「済まねえ」

と二人に言ってから、Dたちを見た。

「不様なとこを見せちまったな。あんまりここの暮らしが苦しいもんで、貴族もどきになったら歯止めが利かねえ。嬉しかったんだろうよ。だが、外へは出せねえや」

長い息を吐いた。Dは黙って見つめている。

「けど、おれも危ねえ。あんたの世話になる前に、自分で始末をつけるとするぜ」

言うなり、血染めの山刀の刃を左胸に押しつけ、一気に背まで刺し通した。

「……納屋に……エネルギーパックがある……それで…家ごと焼いて…くれ」

最後の死の音が床を伝わってから、

「天晴れじゃな」

と嗄れ声が言った。

Dは無言でドアの方を向いた。歩き出す背後から、ケルトのすすり泣きが追って来た。

裏庭につないであった三頭のサイボーグ馬から二頭を選んで、Dは二枚の金貨を馬をつなぐ棒杭の上に乗せた。

「みんな死んでるのよ。誰かがガメちゃうだけよ」

咎（とが）めるケルトへ、

「父親は人間（ひと）の筋を通した」

とDは言った。

「――そう言や、そうね」

ケルトは眼を閉じて、うなずいた。

燃えさかる炎を背に街道へと向かう途中、Dは何処か寂しげな歌声を聴いた。

歩いても歩いても
風が私をさらっていく
月だけ明るい夜の中へ
私、喜んでいるのかな

夜明けから時間を置かず雨になった。

「次の村で休みを取れ」

と左手が提案した。

「敵は今日の昼過ぎには、ローランヌの領地へ入る。そこから先の万物は我々の敵じゃ。雨に打たれてしまえば、おまえとてしんどかろう」

Dが聞くとは思えない正当な言い分であった。返事もしない。

ケルトが両手を打ち鳴らした。

ふり向くDへ、

「良い所があるわ」

と進言した。


三〇分後、二人は雨と雲の中にいた。

「ちょっと揺れるけど、地上を行くよりずっと速いわよ」

操縦桿を握ったケルトへ、

「おかしな知り合いがおるのう」

と左手が言った。

ケルトが知り合いがいると案内した場所は村はずれの民間飛行場であった。

住い兼整備工場兼格納庫と思しいバラックからひとりの男が出て来て、ケルトの話を聞き、
Dの顔を見た途端に、

「何でも提供するぜ」

と頬を赤らめた。

「ただ、三機のうち二機は出払ってる。残りは輸送用だが、馬も運ぶなら適任だ」

すぐに話は決まり、二人は飛び立った。操縦桿はケルトが握った。

「ガタが来ているな」

とシートの上でDが言った。

「あまり速く飛ぶと分解する怖れがある」

「任しとき。あたしは地上より空の方が得意なんだ。この程度の機体なら子供の時分から飛ばしてるよ」

それきり会話は途絶えた。

「あと半日も飛べばローランヌ領だ。手前で人眼につかぬ場所に着陸せい」

「うるさいわね。動けないのに口出しばっかりするんじゃないわよ」

「何おう」

「何よお」

と凄み合ったところで、ケルトは古臭いコンソールに眼をやった。

「後部レーダーに何か——接近中だわ。確かめて」

と左側のスリットを指さした。プリズムとレンズを応用した光学アイ・センサーである。

左手を押しつけると、

「小さいが、かなりのスピードじゃ。待てよ、あれはあのサーカスの小娘じゃ」

「どうして、こんなところに？」

「わざわざここで出会うたのじゃ。ローランヌに用があるに決まっとる」

「〈都〉からの男がいたな」

とＤ。

ケルトが思わずふり向いて、

「まさか、あいつとつるんだとか？」

その顔に派手な陰影がついた。窓外に稲妻が走ったのだ。飛行体は雷雲に突入したのである。

「こら危いぞ。収容してやれ」

「オッケ」

とケルトが呼吸を合わせた途端に、

「このまま行け」

とＤが命じた。

「やれやれ、いざというときにも冷たい男じゃの」

左手が溜息混じりに洩らしたが、ケルトは諦めなかった。

「駄目よ、Ｄ。このままだとあの娘も雷雲に突っこんでしまう。収容するわ」

「行け」

「駄目よ」

次の閃光が、どちらに加担するつもりだったのかはわからない。

機体は激しくぶれ、左方の窓外を火花と黒煙が流れた。

「左エンジンに落雷」

ケルトがせわしなくスイッチを入れ、レバーを上下させながら叫んだ。

「消火器は――畜生、作動せず。このままじゃ落ちるわ！」

「いかん」

左手の平に浮かんだ顔が宙を仰いだ。

「この雷は――防衛機構のひとつじゃぞ。何とかせい！」

「してるわよ――でも」

ケルトはDをふり返って、

「途中から脱出できる？」

返事はない。機体は高度三千メートルから、あらゆる救いの手段に無視されたまま落ちていった。

## 3

落下に身を任せた機体に、下方から衝撃が加わった。

Dは難なく受け流したが、ケルトは跳び上がった。その襟をDが掴んで引き戻す。

二人は窓の外を見た。

半透明のカバーが機体を覆っている。

それは空飛ぶ少女ブリギッテの手から放たれた網であった。普段は手の平に入るくらいにまで畳んでおき、必要に応じて投網のように投擲するのだが、一〇〇分の一ミリにも満たぬ強化繊維は、時速一〇〇キロで突進する一トンの衝撃にも耐える。後は飛翔服のパワー次第だ。虹色の羽衣のようなドレスは、落下する数トンの機体を易々と支えていた。

暗雲から脱出し、平原の真ん中に降ろされた機体からDとケルトが出たのは、三〇分に少し足りぬ時間を経てからであった。

「この網も強いが、その羽衣——大した馬力じゃのう」

「東の〈辺境〉で、古物商から買ったの。輸送体を一機運んだのは、今日が初めてよ。あたしもこんなに力があるとは思わなかった」

ブリギッテは機体を包んだ網を惚れ惚れと見つめた。

そこへ、

「〈都〉から来た男——ウィルクはどうした?」

Dの問いである。

そちらを向かないようにしながら、ブリギッテは、

「さあ。あたしはローランヌ領へ行く途中だったの。あそこなら、旅廻りのサーカスも沢山来

そうだし」

「職探しにはもって来いじゃの」

　ブリギッテは怒りの眼差しをDの左手に注いだ。

「はっきり言うわねえ」

「わっはっは」

「おれたちはこのまま領内に入る。おまえは？」

　Dに訊かれて、ブリギッテは次の怒号を呑みこんだ。

「あたしも行くわよ」

「好きにしろ」

　Dは空か陸かとも訊かなかった。

「ねえ、貸しが出来たわよね」

　とブリギッテが強い口調で言った。

「ちょっと」

　ケルトがもっと強い口調で飛翔女を睨みつけた。

「こういうときはお互い様って言うんじゃない？」

「あーら、凄んでごまかすつもり？」

「いま返して欲しいか？」

Dが訊いた。

ケルトが忌々しげに、

「そんなことする必要ないわよ。あたしだって、この娘を収納してやれって言ったんだから」

このケルトの抗議を、ブリギッテは無視した。

「いいえ、じき領内なんだし、先に延ばすわ。この先何が起こるかわかったもんじゃないわ」

「自分で片づけたら——空飛べるんでしょ」

さすがにこれには切れたらしく、ブリギッテは武器作りの方を向いた。

新たな闘争を中止させたのは、Dであった。

「行け」

「嫌です」

「何だって？」

眼を剝くケルトを尻目に、

「ローランヌ領まで何が待ち構えているかわからないし、入ったらもっと危ないわ。あなたについていきます。あたし、遣い手があると思いますよ——空も飛べるし」

これが、ちらっとケルトへ侮蔑の視線とともに投げかけられたものだから、

「何よ、その眼つき」

と前へ出るのへ、

「行くぞ」

と騎上の主となったDが告げて、走り出した。

「ちょっと――待ってよ」

大あわてでサイボーグ馬へと走るケルトへ、

「ゆっくりいらっしゃいな」

ほほほと笑って、ブリギッテは絢爛たる羽衣を翻すや、垂直に舞い上がった。

「こん畜生」

と鋼線発射器を構えかけ、何とか思い直して、ケルトも馬にまたがった。


ウィチャリー夫婦を乗せた馬車は、サイギッシュの町へ入る前、荒涼たる平原の中で停止した。

見渡す限りの平坦な大地のあちこちに、申し訳程度の緑が群生しているものの、四方の果ては湧き上がる闇の中だ。

「雷鳴が聞こえるね」

ボリス・ウィチャリーが、窓の外を見つめた。

「私たちが目的の地に近づくと、いつもですわ」

長椅子に横たわったエレノア・ウィチャリーの瞳が、窓の彼方の光条を映した。

「何を怒らせてしまったのかしら？　ただ、道を急いでいるだけなのに」

「怒ってなどいないさ。あれは——祝福だよ」

「祝福？」

「そうだ」

次は何を言おうかと、ボリスは考えたが、何も浮かんで来なかった。

少し間を置いて、エレノアがかすかな——詩を吟ずるような声で歌い出した。

雷鳴は激しさを増したが、声は遮られなかった。

眼を閉じても　あなたが見える
永劫の霧に封じたものを
誰が血潮を捧げたの
ねえ　あなた
人形は鋼と木で出来ているのよ
二人きりの秘密のように

彼方の闇を手招くような吟唱であった。

外への警戒を怠らなかったボリスも、ふと、聞き惚れた。

別の音が割って入った。

轍の轟きであった。他に続くものはない。

かなり遠方からのはずの音は、紫紺の馬車に姿を変えて、たちまち夫婦の馬車の右側に並んだ。

奇妙な形の影が降りて、こちらのドアを叩いてから開けた。御者があわてて駆けつけたのはその後だ。

ボリスとエレノアは、不審な表情でドアの外に立つ人物を見つめた。

頭から毛布を被ったひどく小柄な人物である。

顔は見えないが、黄金のボタンが糸で整えられた絢爛たる上衣とベストは、闇の中でも見ることが出来た。

「遠方からの客人は久しぶりだ」

夫婦の眼が顔まで隠した毛布に注がれているのに気づくと、

「これは癖でね。いきなり素顔をさらしたくないんだ」

親し気な声をかけてから、

「ウィチャリーの御夫婦だね。コサージ・ローランヌだ」

意外と若い声に、二人は顔を見合わせている。

「どうして我々の名前を？」

　ボリスが眉を寄せて訊いた。

「私の館には〈辺境〉中からの風が集まる。そのひと吹きが竪琴(たてごと)の弦を鳴らしたのだよ。君たちの名前と素性を教えてくれたのもその弦だ。私を求める理由は不明だが、想像がつかぬこともない。奥さまに関する事柄だね」

　ボリスの表情は驚きから歓喜へと変化した。

「おお、感謝します、男爵。それならば」

「館へ来たまえ」

「妻ともども感謝いたします」

　エレノアの切ないほど白い頰にも、希望の紅が薄くさしている。

「さあ」

と促され、エレノアは立ち上がった。

「お待ち」

稲妻の一閃と重なったため、その声は雷(いかずち)の怒号とも聞こえた。

男爵の背後に、夜目にも皺に埋もれた顔と、濃緑のドレスの上に黒いショールをまとった身体とが立っていた。

　距離を狭めて来た雷光がその身体を白く染めた。

「あたしの名はミューズ・パイナン――男爵さまの妖術の師匠だよ」

風というのは、これかとボリスは考えた。

「男爵さまは貴族にしては人が好すぎる。人間どもと接するには用心が必要さ」

「仰るとおりですな」

ボリスは笑みを隠さなかった。

老婆は、じっとエレノアを見つめていたが、ひとつうなずくと、

「男爵さま——手をお引きなされ」

と言った。逆らう者は許さぬ峻烈な口調であった。対してローランヌは、

「ほお、何故だね？」

疑惑のかけらもない、興味津々たる口調で訊いた。

「この女——滅びの翳を引いております る」

「それは——」

と一瞬絶句したものの、男爵は親愛の情を崩さず、

「見たところ、美しい方だというしかないが、パイナン師匠の言うことに間違いはあるまい——さて」

「ここで手を切るがよろしい」

皺だらけの言葉に、男爵は唇をへの字に曲げた。その内部でいかなる葛藤が繰り広げられているにせよ、苦悩は表われなかった。

　ボリスが何か言おうとした。妻が先んじた。

「パイナン師に私を診ていただけませんか？」

「おまえを？」

　憎しみとも取れる眼差しを向ける老婆へ、エレノアは、

「滅びと仰いましたが、滅びの数は無限にございます。私が運んでいるものは、いかなる滅びなのか、お教え下さいませ。それさえわかれば、私たちは黙って去りましょう」

「待て」

　と叫んだ夫の顔前に片手を扇のように広げて、

「あなたも関心がおありのはずですわ。ひょっとしたら、その滅びには名前がついているのではないか、と」

　夫の返事を待たず、老術師へ、

「いかがでしょう？」

「………」

「聞いておやり、ミューズ」

　ローランヌが師匠の苦い顔へ眼をやって言った。

「美しいものの行き着く先には滅びしかないと、おまえは言ったはずだ。私も知りたい。名前のついた滅びとは、どんな滅びなのかを」

「わかりました」

ミューズが渋々とうなずくまでに二秒ほど要した。

「では、いますぐに」

「よかろう」

ローランヌは肩をすくめた。この老婆には弱いらしいが、それは師匠と弟子以上の強い感情の交流が感じられた。

「お邪魔するよ」

老婆はスカートをたくし上げて、ウィチャリーの馬車へ移って来た。

「見ておいで」

とボリスに告げたところへ、ローランヌも乗りこんで来た。

「詰めてくれぬか?」

「これは失礼を」

さすがに恐縮するボリスへ、何のなんのと応じて並び、対峙する二人の老若を見つめた。

老婆は何も言わず、エレノアの指先を摑んだ。ボリスが、それは⁉　と放ったが、

「これは凄い。人間なら触れただけで貴族もどきに、貴族でも重篤で寝こむか発狂するかでございましょう。そして——」

「それほどの病か?」

と興味津々の領主へ、

「病ではありません、滅びです。この女の手が触れるものすべては滅びへの道を巡りまする。貴族とて例外ではございません」

ローランヌは呆れたように、

「それでは、おまえも――」

「左様――あと数日の生命でございましょう」

「おい⁉」

「ご心配なく。その間にこの女の病の根源を成すものを暴いてごらんにいれましょう」

「任せた。――で、どうする？」

「お館へ連れておいでなされませ。この女は生ける陽光か十字(クロス)――放置しておけば、あらゆる貴族から責任を追及されますぞ」

「では――館へ参ろう」

ローランヌはエレノアという虚ろな表情の主に告げた。いまの内容など気にした風もない。胆が太いというより、何処かおかしいのではないかと思われても仕方のない振舞いの主であった。

「その前に――それぞれ二人の男と女が、そなたたちを追って来る。どちらも相当の強敵らしいが、片方は――」

「D」

ローランヌとミューズが眼を剝いたのは、その名の背後に控える恐るべきものを知っていたからだが、答えたのがボリスにあらずその妻だったということもあった。

「これは――婆としたことが読めなんだ。まさか、この死の使いがDを――」

夫はその次を知りたかったのだろうが、ミューズはひと息ついて、ローランヌへ、

「この上は一刻も早くお館へ。恐るべき敵が近づいておりまするぞ」

「いいとも」

むしろ愉しげにうなずいて、ローランヌ男爵は、老婆と馬車を下りて、自分のそれに戻った。

二台の馬車は風を巻き起こして疾走を開始した。その先に待つのは、生命に溢れた村々の灯か、その彼方の丘の上にそびえる大伽藍(だいがらん)か。

# 第六章　領主にあるまじき

## 1

陽が落ちてもケルトは前進を主張したが、Ｄは野営を決めた。ローランヌの待ち伏せを警戒したのである。

「遅れたって向うから来るわ。相手は貴族よ、昼よりも夜が棲処(すみか)。夜襲には慣れているわ」

「あたしが見て来ましょう」

ブリギッテが羽衣の前を合わせた。

「貴族も空には警戒が薄まるわ」

「あら、いい点数稼ぎね」

ケルトが横を向いて言った。嫌味がたっぷりとふりかけてあった。

「もう一度言ってごらん」

ブリギッテの右手が帯の懐剣にかかった。

「気をつけろ」

とDが言った。怒りから恍惚へと変化する娘の表情は確かに見ものだった。

「任せておいて」

じろりとケルトを睨むのを忘れず、虹色の姿は夕暮れどきも過ぎた青い闇空へ舞い上がった。

「さあて、帰って来られるかどうか」

嗄（しゃが）れ声の危惧を、Dはどう取ったか、

「ローランヌの領地にはまだ少しあるが、敵はその前にやって来る。用意しろ」

相手は勿論ケルトである。

「任しとき」

ブリギッテと同じ言葉を、倍も大きく声に乗せた。

天（あま）を翔（かけ）る娘は、ローランヌ領の方へは行かなかった。

一気に千メートルも舞い上がるや、真逆の方角へと飛翔を開始したのである。

その右肩を灼熱（しゃくねつ）の痛覚が灼（や）いた。

飛翔芸人として活動する前に、ブリギッテは〈辺境〉の村々の権利争いに加担して来た。空中を飛んでそれぞれの勢力分布を記録し、当事者の村々へ売りつけたのである。

中には飛行体を所持している村もある。何度か狙われ、ほとんどの場合は逃げ切ったが、矛を交えた場合も数多い。肉に刻みこまれた痛みは、背後に用心しろと骨にまで叩きこんだ。

それ以来、いかなる凄絶な戦いの渦中においても、後方の敵への注意は失ったことがない。

だが、いま敵はその警戒を易々と水の泡に変え、ブリギッテを負傷させたのであった。これまでの相手とは根本的に違う能力を備えている連中であった。

何よりも空を飛ぶ。

ブリギッテは増速飛翔に移った。

自己催眠をかけて心肺機能に過大な負荷をかけると同時に、呼吸を停止する。その間三分で、いかなる人間も妖物も、ブリギッテに先を譲った。

だが、その分秒の期限が切れたとき、ブリギッテの周囲を黒い矢が流れた。

その一本が背中から左肺を貫通して胸に抜けた。

絶望と苦鳴を吐気に混ぜて、娘は闇空からさらに暗い地上へと、真っ逆さまに落下していった。

「仕留めたか？」

風の唸りが訊いた。

「――と思うが、いまひとつ確証がない」

「では――追いかけよう。男爵さまはミスを許さん」

彼らはローランヌの下から派遣された空中奇襲部隊であった。五人とも黒い制服と磁気飛行具を負っていた。

一斉に急降下に移ったのは、ブリギッテが力尽きた、まさにその位置であった。

三〇〇まで降下したとき、下方から火矢と思しい炎が上がって来た。

「あいつか？」

「まさか」

「すると、仲間がいたか⁉」

「何にせよ大丈夫だ。あの速度なら楽に躱せる」

その言葉どおり、炎の描くべき上昇線から、彼らは易々と散ってのけたのである。

炎はその中心で数十条の新たな火線を八方へと撒いた。

一万度を超す炎は、彼らの身体を少なくとも十数個所ずつ貫き、空中で即死させた。

炎の尾を引く死者たちを網膜に灼きつけつつ、ジェルミン・ウィルクはかたわらの平らな岩の上に横たわるブリギッテに声をかけた。

「気の毒だが、致命傷だ。おれは医者の資格もある。激突寸前、かろうじて羽衣の羽搏きで即死を免れたが、手当てをしても二日と保たん」

「嫌よ、死にたくない」

ブリギッテの全身は倍くらい膨れ上がっているように見えた。地上への激突のショックで、全身の血管がちぎれた内出血のせいである。

「あなたはあたしに死人薬(ゾンビ)を服(の)ませて……自由に操った。お願いよ、助けて」

すがるような声は尻すぼみに消えた。

呼吸しか出来なくなったかのような娘に、ウィルクは冷厳な眼差しを与えていたが、じき、

「少し待て」

と言って、バイクにまたがり、闇の中へ消えた。

一時間ほどして戻った背中には、黒い飛行服を着た男を負っていた。先刻、ブリギッテを襲った飛行団のひとりである。身体のあちこちがくびれているのは、細い針金で縛られているからだ。さすがの貴族も身じろぎひとつ出来ない分子構造の針金であり、捕縛法であった。

「やっとひとり生きていた」

荒々しく地べたへ放り出すと、男はケクケクと喉を鳴らし、死の床にあるような声を絞り出した。

「おれは、ローランヌ男爵さまの家臣だぞ。すぐ自由にしろ」

「いいとも」

ウィルクは五〇センチもある蛮刀を抜き放って、男の首に当てた。

「首を落としてから、心臓へ杭を打ちこんでやろう。それで真に自由の身だ」

男の青白い肌が白い紙に化けた。

「そんな自由は欲しくないというのなら、まず腹ごしらえをさせてやろう——この娘の血を吸って殺せ」

声の大きさに遠慮も心遣いもない。平岩の上で、ブリギッテが眼を剝いてこちらをねめつけた。

「何てこと……言うの？　あなた……あたしの血を……こいつに吸わせる……つもりなの？」

「元は人間だ。そうだな？」

男は首を激しく横にふった。

「寝言を言うな。おれは生粋の貴族だ」

「なら、おれの縛めを解いてみろ。真の貴族なら全身を白い霧と変えて逃げられるはずだ」

「……………」

「まがいものや、もどきにはこれが出来ん。だが、いまはどうでもいいことだ。死にたくなければ、この女をおまえの同類にするがいい」

「どうして……そんな……ことを？」

ブリギッテが死者の声で言った。

「ローランヌに近づく手管のひとつよ。詳しいことは、おまえがこの男の朋輩になってから話してやろう」

ウィルクは男の首を鷲摑みにするや、放り投げるように、ブリギッテの横に立たせた。

「吸え」

これを命令とも冗談とも判断がつきかねるような顔で立ちすくんでいた男は、やがてゆっくりとブリギッテの上に乗った。

「やめて」

人間が絞り出す最も悲痛な叫びが、闇の中に波紋を広げた。


「来ぬな」

左手が断定の口調で言った。巨木の幹に身をもたせかけたDの横に放り出されている。

「さて、どうなったものか」

「ブリギッテは〈都〉の糞エージェントの下に戻ったのよ。最初からスパイだったと思えば、おかしな話じゃないわ」

闇に挑むまばゆい光点の前へ、せわしなく手を動かしていたケルトが、動きを止めずに眉をひそめた。

周囲の闇は漆黒(しっこく)に変わっていた。光点は組み立てた作業台の上に置かれた光球――人工のエネルギー体だ。

「どうだ?」

Dが訊いた。

「いつでもいいわよ、あたしには何にも見えないんだけど」

「眼腐れめが」

左手の悪罵はケルトの手を止めさせ、彼女はつかつかとDに歩み寄った。

「もういっぺん言ってごらん。そのちっちゃな舌を引き抜いてやるから」

「おお、抜いてみい。わしはおまえの尻の穴に逃げこんでやるわい」

このオとケルトが手をのばしたとき、いきなりDが肩にもたせかけた刃を両足首の間に刺した。いつ抜いたのか見た者はいない。

突然、黒い形が盛り上がるや、片手で空を摑み、何かをつぶやいて崩れ落ちた。

ケルトが何もわからぬうちに、彼は立ち上がり、左手をふった。

地面に数本の白木の針が突き立つや、黒い影が立ち上がり、ひとりだけが崩れず、突進して来た。

「死に損ないめ」

と発射器を向けるケルトを制止し、Dの背から閃光がひらめき——空を切った。影は忽然と消滅した。

「ローランヌ男爵は水陸空に護衛部隊を擁しておると聞く」

左手がぶつぶつとつぶやいた。

「こいつらは陸戦用の〝影人〟じゃ」

そう。彼らは影に溶けるのだ。否、自らが〝影〟と化して、音もなく敵を訪れるのである。地に映る木立ちの影、建物の影、尖塔の影と一体化した襲撃者をいかに看破し得るだろう。

「気配は断ったの」

嗄れ声が言った。

「こうなるとこちらはお手上げじゃ。いかに闇の中――すべてが闇と等しくとも、それは変わらぬ」

現にDは一刀を手にしたまま動かない。闇に溶けこんだ二次元の存在を捜しあぐねているとしか見えなかった。

「じゃが、ひとつ欠陥があるの。いつもの敵とたかをくくって、ろくに気配も消さずに忍んで来た罰じゃ。この男には見えるぞ、影に滲む別の色がの」

Dの背後に影が立ち上がった。右手の隠し刀をふりかぶった刹那、下方から閃光が迸(ほとばし)った。恐らくは肩関節を自在に操れるDならではの技であろうか、持ち直しもせぬ刃は、横薙(な)ぎに影の身を両断していた。

倒れた身体は、どちらも大地の影――闇に溶けた。

「変わった死に方じゃの」

左手が溜息をついた。

「だが、〝影人〟部隊の親玉はこうはいかん。相当な術者と評判じゃ。おまえを甘く見て参戦はしなかったか？」

「いや」

　Ｄの返事は左手に息を呑ませた。

「おるか⁉」

「そこに」

　Ｄが街道の方へ向き直るより、ケルトが先にふり向いて発射器を構えた。

　不意に閃光が闇を割った。

　黒土を踏んで仁王立ちになった男は、黒いケープに身を包んでいたが、眼鼻も手指の先までも同じ色に塗りつぶされていた。

　光が消えた。

　暗々たる闇が世界を支配する。あたかも支配者のような声が聞こえた。

「我が部下は精鋭揃いのはずが、情けなや。しかし、大した腕前だ。これほど鮮やかに彼らを仕留められるのは、おれの知る限り、Ｄという名の男しかおらん。おれは〝影人〟部隊の長、フラッシュだ。皮肉な名前だが覚えやすかろう」

「Ｄ」

　ふたたび雷光が覇権を奪った。

　そこに君臨するものは光の申し子か、闇の後継者か。

「名乗りは聞いた」

とDは言った。

闇がその姿を閉ざし――

三度目の光は、フラッシュの頭上に躍るDと、ふりかぶった一刀を照らし出した。

刃は手応えを伝えず、Dは着地と同時に眼を閉じた。

その足下から黒い声が、

「ここだ」

刀身は影を縫った。

またも高みの閃光が地に落としたD自らの影の心臓を！

そして、彼は一刀にすがるようにして、その動きを止めた。

「ほう、心臓を刺したと思ったが、間一髪でずらしたか。さすがはDという名の男よ」

フラッシュの声はひどく遠くで聞こえた。

ケルトの鋼線がその一角を薙いだが、

「秘術〝影断ち〟――影を切れば本体も切れる。影に潜むおれを斃(たお)すのは、自らを滅ぼすことになる。とどめを刺したいところだが、決着は次の機会としよう。おお、また稲妻が光る。Dよ、おれの名前を忘れるな」

それきり、光は失われた。

「D――しっかりして⁉」

　ケルトが駆け寄った。

「駄目じゃの」

「え――っ⁉」

「だが、こんなときのために、わしがおる。地水火風――地と火と風は何とかなるが、水の行方は知れぬ。いやいや、ここにあるとも。すべて揃ったぞい」

「なら、早く治して。あいつ、また来るかも」

「安心せい。こいつも重傷だが、あいつの負うた傷も同(おんな)じじゃ。こいつを甘く見過ぎたの。まさか正確に居所を察知されていたとは考えもせんじゃろう。正に同じく間一髪で躱したものの、奴も心の臓を一部削られおった。さて――」

　垂れたDの手の平で、小さな眼が妖光を放った。

「少々水が必要じゃ。出来れば、おまえの水がな」

と左手は不気味にささやいた。

　相手はケルトであった。

# 2

　客間に通されると、

「不思議なお館ね」

　とエレノアは、革張りの豪華なソファに身を横たえてつぶやいた。

　即座に返事が返って来たところを見ると、夫も同じ思いを抱いていたらしい。

　黄金や宝石をふんだんに使った室内を見廻しながら、

「絵はジェンキンの真筆だ。衰亡の極みにいる貴族たちがその富のすべてを蕩尽し尽しても手に入れたいと願うだろう。壁の隅にかけられた飾り面の作者は、ルドルフォ・ザ・マンクだ。これは二世紀前に、ある貴族の私設博物館から姿を消し、現存はしないと言われていたが、まさか客間に、あれほど無雑作に飾られているとは――一種の冒瀆だぞ」

「〈ご神祖〉とやらも怖れぬローランヌさま」

「おまえ――どう思う？」

　ボリスは声をひそめた。盗聴装置でも拾えぬ無音会話である。妻を守るべく自ら魔道に堕ちた際の修行で身につけたものだ。

「例外的な方ではないかと？」

打てば響く夫婦の会話であった。ローランヌへの評価である。

「貴族たちの話は子供の頃から聞かされて来た。本物に会ったこともある。だが、ローランヌ殿はまるで別の生きもののように感じられる。人には非ず、もとより貴族にも非ず」

「と、仰いますと？」

「おまえの病、ローランヌ男爵なら治せると、一五〇人の占い師が口を揃えた」

「はい」

エレノアはひっそりと夫を見つめた。

「彼ら全員が、しかし、そう告げた後で不安げに口をつぐんだ。私はそのうちの数人の首にナイフを突きつけ、その意味を問うた。その結果が――」

「……」

青い瞳の中に、物静かな夫が映っていた。

「治せても、望みの結果は出ないであろう、と」

「そうでしたか」

エレノアに驚きはない。この病に取り憑かれてから、人間の感情はすべて失われていたようだ。

ただひとつ――ある男への思いを除いて。

「やはり、ここへ来たのは間違いだったかも知れぬ」

ボリスは窓外の闇を見つめた。

「ようございますわ」

ボリスの胸は騒がなかった。妻ならこう言うだろうと思っていたのかも知れない。

「お忘れにならないで。この病が治っても、私は一度死んだ人間ですのよ。世界は私を許さないでしょう。このお館へ来る前と、何も変わりはいたしません」

「エレノア」

「雨ですわね」

ボリスは愕然と闇に視線を刺しこんだ。妻はいつから自分に見えぬしずくを見、雨音を聴いていたのだろう。

「貴族の嫌いな雨、人間(ひと)たちの遠ざける雨——ですが、私は好きでした。子供の頃から」

「何が見える？」

訊いてから、何故そんな問いを、とボリスは少し驚いた。

「男たちと女たちが」

「何が聴こえる？」

「——血を吸う音が」

ドアの金輪が激しく鳴って、二人の意識を水中から掬(すく)い上げた。

ボリスがドアに手をのばしたところで、かけた鍵(ロック)が外れ、向うから開いた。

明らかに人造生命体の執事が恭しく頭を下げてから、

「晩餐の席へお越し下さいませ」

と告げた。


フルーツが山盛りの金盆から、大葡萄の実をひとつ取り上げて口へ運び、ゆっくりと味わってから、

「人間の客人は久しぶりなのでな、一〇〇年ぶりのメニューを用意させたが、奥方には不向きであったかも知れんな」

とローランヌは片手で頬を叩いた。

尖らせた唇から勢いよく飛んだ種が行儀よく小皿に落ちた。

「失礼ながら、男爵、それも貴族の術でしょうか？」

男爵は破顔した。

「よくおわかりだ。ただの人間ではなさそうだね。待ちたまえ、当ててみせよう。奥さまを守るために妖術を学んだ——どうだね？」

「さすがです」

ローランヌは手を叩き、のけぞって笑った。広大な食堂の空気が笑い声を吸いこんだ。

「これは嬉しい。人間に褒められたのは、はじめてだ。いや、〈辺境〉中を捜しても、こんな

貴族はおるまいて。重畳重畳」

ナプキンで唇を拭い、

「ご主人はそつなく召し上がられたが、奥さまはやはりお気に召さなかったらしい。いや、それでよろしい」

と何か言おうとするエレノアを止め、

「貴族のワインがよろしいか？」

その顔へ視線を当てて、エレノアは薄い笑みを見せた。

「おお、何たる魅力的な笑みだ。ご主人の前だが、惚れてしまいそうですぞ」

「男爵さま」

ローランヌのかたわらで老婆が声をかけた。たしなめたのである。慣れている。そして、少々呆れている。

「これは失礼。いや、田舎貴族というのは礼儀を知らぬでな。――お二人の訪問の目的は明日の晩にでも叶えて差し上げよう」

「かたじけのうございます」

丁重に礼を言い、妻を促して立ち上がりかけたところへ、

「その前に奥さまにお尋ねしたい――貴族のワインを飲んでいただけますかな？」

ボリスは、ぎょっとしたように男爵を、次にエレノアを見つめた。

「男爵さま、それは」

と声をかけたが、相手は意に介した風もなく、別人のような凄みを湛(たた)えて、

「いかがですか？」

とエレノアに訊いた。

「男爵さま」

もう一度、老婆が声をかけた。

「悪いことが起こりますぞ。一万年見続ける悪夢よりも遥かに悪いことが」

応じたのは、

「頂戴いたします」

低いが強い決意を乗せた声であった。

ボリスが長い息を吐いた。苦鳴と取れぬこともなかった。

「それは嬉しいことを」

男爵は激しい拍手をエレノアへ送った。

「〈ご神祖〉からいただいた酒(ワイン)をここへ」

想像もしていなかった言葉に、ボリスが眼を剝(む)いた。

「〈神祖〉だと？　こんなおかしな——貴族にあるまじき男の下へ、〈神祖〉がやって来て、手ずからワインを与えたというのか⁉」

だが彼の叫びに応える代わりに、執事のひとりが手首に巻いたリモート・コントロールパネルに触れた。

寸秒もおかずにドアが開き、別の執事がテーブルに載ったシャンパンとは別の瓶を運んで来た。

「男爵さま」

席を立ちかけるボリスを手で制し、ローランヌは手ずから瓶を取って栓を抜いた。

下の里(さと)では決して屋内で嗅いではならぬ禁断の匂いが、躍り出るように広がった。

血臭だ。

人間に戻る治療を受けに来た女に、血をすすらせる意図は何か、男爵よ？

瓶の中身は銀杯に移された。

「さあ」

差し出された盃(さかずき)を、美女はじっと見つめた。

織手が盃を摑んだ。

だが、何という穏やかな眼差しだ。静かな表情だ。運命の刻(とき)とはそんなものかも知れない。

盃は流れ、唇がその縁に触れた。

ふと、ローランヌが立ち上がり、空中の一点を睨(にら)みつけた。

「戻ったか——何⁉」

明らかに凄惨な表情を点したが、それも一瞬、たちまち呑気な笑顔になって、盃を止めたエレノアへ、

「ちと失礼する。ワインは次の晩餐に」

と告げ、足早に食堂を出て行った。


通常、貴族は外から戻った部下の報告は、謁見の間で聴取する。だが、今回の連絡はじかに医務室から来た。それでも主人は同席はしない。医師の報告を待つ。

ローランヌは自ら赴いた。

「これはご主人さま――わざわざのお出迎え、恐悦至極に存じます」

と挨拶したのは、室長のドクター・ダッケルだ。

こけた頬に丸眼鏡の、生体解剖に励んでいそうな医師であった。

患者――フラッシュはベッドで輸血を受けていた。輸血といっても血液ではない。半透明の人工体液――エネルギーの素である。フラッシュは人間にも貴族にも非ず、合成人間であった。

「どうだ?」

声をかけると、フラッシュは起き上がり、

「これは」

と一礼した。

「寝ておれ寝ておれ」

と声をかけ、ローランヌは、

「容態はどうだ?」

と訊いた。

「それよりも——敵は恐るべき奴でございますぞ。心の臓に受けた傷、ドクターがいかに手を尽しても完治いたしません」

「——Dとやらの仕業か?」

「左様にございます」

「ふむ」

「こちらも手傷を負わせはしましたが、彼奴(きやつ)はもうとうに癒えておるはずでございます」

「ふむ——フラッシュの傷は心の臓か?」

ローランヌはふり返って、ダッケル医師を見た。

「仰せのとおり。治りはしますが、完治は保証いたしかねます」

ローランヌは眉を寄せ、思案に暮れた表情になった。

「それでは、館の守りを別の者に任せねばならぬ。チャドスにしよう」

「なりません!」

フラッシュの叫びは、恐怖に浸っていた。

「あの御方は狂っております。自分をも含めて、あらゆる存在を呪い続ける狂乱の魂――必ずや、お家に破滅をもたらします」

「おまえが愛した女だぞ」

「何であれ、あの御方を世に出すことは許されませぬ。男爵さまは、そのためにチャドスさまを生かしておいたのでございましょうか？」

　ローランヌは少し考え、

「最初はどんなつもりであったのか、私にももうわからぬ」

と言った。

「――Dとやらは必ず自分が斃します。チャドスさまの出動はお許し下さいませ」

「ドクター、これの心臓は次の戦いに耐えられるか？」

「一度ならば――但し、勝利を得た場合のことで、負ければ同じでございます」

「ははは、言い得ておるな」

　ローランヌは明るく笑った。

「では、次回のみ、Dの処分はおまえに任せる。それまで大事にいたせ」

　男爵が慌ただしく出て行ってすぐ、ドアがまた開いた。

ノックもなしの非礼に、ボリスが怒りの眼差しを向けた先に、真紅の戦闘衣に身を包んだ美女がひとり立っていた。右手に下げた長剣を彩る黄金と宝石のきらめきは、ローランヌの館でも男爵に次ぐ身分の者と思われた。

「わらわは、チャドス・アラート。ローランヌ男爵の守り人じゃ。貴族病の治療に来た人間というのは、おまえたちか？」

「左様でございます。私はボリス・ウィチャリー、こちらは妻のエレノアと申します」

「ふむ、おまえは異常がなさそうじゃ。病人（やまいびと）は女の方か」

「左様で――」

ボリスが答え切る前に、チャドスは足早に長椅子のエレノアに近づいて、深い水底を思わせる眼を細めた。

「厄介な病を患っておるな。触れなば落ちん、か。ローランヌ殿が迎えを出しただけのことはある。領内で触れたあらゆるものを貴族と化しては、彼も慌てよう。はは、それを見てみたかったが」

にやりと笑った朱唇の端から白い牙（きば）が覗（のぞ）いた。

「ところで追われておるそうな」

「左様でございます」

「案ずるな。そ奴は、わらわが除いてみせよう。それもこれからすぐ」

ボリスは思わず妻の方を見た。

エレノアはひっそりとチャドスを見つめていた。

「あなたさまは……」

後の言葉を呑みこんだ意味を、ボリスは知りたいと思った。

チャドスの表情がざわめいた。

「しばし待て。必ずおまえたちの望みを、叶えてくれる」

「ですが、敵はひとりではありません」

「同じことよ。それが叶い、望みが叶ったとき、妻殿に最初に触れるのは、わらわにしてもらおう」

異様なざわめきが胸を波立てたボリスより早く、

「承知いたしました」

とエレノアは応じていた。

双眸（そうぼう）が燃えている。それは肉体の妖しい化学反応がもたらしたものであった。欲情だ。

奇妙な状況で生じた三角関係は、ボリスだけを慌てさせたようだ。

だが、彼が何らかの意思表示をする前に、チャドスは身を翻して、客間を出て行った。

「花の香り」

夫が気づく前に、エレノアがささやくように空気を読んだ。

「――そして、稲妻が」

広大な庭に面したガラス扉が、彼方に紫の筋で天と地をつないだ。

# 3

Dたちがローランヌ領に入ったのは、早朝であった。

重く垂れこめた雲は同じだが、黎明は闇を遠ざけ、鈍いが力を漲らせた世界を現出させていた。

「ジッシュの町よ」

ケルトがこう言ってから、背後を向いた。視線は上空だ。

「あの娘まだ来ないわね」

「その方がいーじゃろ」

と左手が言った。

「どういう意味よ？」

「何でも」

「この嫌がらせ爺い」

「ほお、何故、爺いと思うのだ？」

「爺さんの声でしょうが。しゃべり方も百歳よ」

「ふふ、浅はかな女め」

「ぶーだ」

「お嬢さん――今度、お茶でもいかがですか？」

ケルトは眼を剝いた。張りのある美声だったからだ。

「ふっふっふ、どうですか？」

「このお」

「よせ」

とDが命じて、二人を沈黙させた。

「用心しろ。貴族の統治が続いている土地は、侵入者に容赦がない」

「そうじゃそうじゃ」

「ほーら、地が出たわね」

「むむむ」

「取りあえず宿を捜しましょうよ」

「〈辺境〉の女とも思えぬ発言だな」

とD。

「えー？」

「我々の居場所を敵に教えるようなものだ」

「じゃあ、どうするのよ？」

「野宿に決まっておろうが」

左手の小莫迦にしたような口調に、ケルトは歯を剝いたが、手の出しようがなかった。Dの手なのは確かだ。

「尾いて来い」

ケルトに声をかけるなり、Dはサイボーグ馬を駆った。


まだ寝静まる町の大通りを抜けて、停止したのは、ローランヌの館が建つ丘の麓にある廃屋であった。窓がない。貴族とその一味のものだ。

「ここは？」

ケルトが貫くような視線を崩れた壁に当てた。

「館の主人の用を代行する、いわば館の出張所じゃな。もっとも廃れ切って大分になる。おかしいの」

Dが小さくうなずいた。

「館は健在なのに、その出先機関が消えた。何故じゃ？」

「――ちょっと待って」

　ケルトが下馬してドアのそばへ行った。何処にでもある木と漆喰の建物だ。ドアを押し開けて、素早く内部を覗き、

「何ひとつないわ。でも荒らされた様子もない。撤収したみたいよ」

「つまり、不要になったのじゃな。ふむ、すると、下々の者への統治も必要なくなったことになるが」

　左手の声は少し断たれ、しかし、ものの数秒で、

「おい、ケルト。おまえ、町の人間を捕まえて、その辺の事情を聞いて来い」

と言った。

「えらそーに、何よ、この寄生虫が」

「何をぬかす」

「やめろ」

　Dがまた止めた。うんざりしている風もある。

「ローランヌの領地には昔から妙な噂があった。先代のローランヌ卿は稀代の悪鬼と呼ばれ、苛政を敷いていたが、ある冬の日、忽然と姿を消し、いまのローランヌ男爵が後を継いだが、領民たちは――」

「そうじゃ。〝とまどった〟と当時の記録にある。ま、四〇〇年ほど前の記録じゃが。このとき、ローランヌ家の治世に何事か生じたのは間違いない。少なくとも、それまで旅人も近寄ら

なかった悪しき土地の評判は徐々に薄れていった」

「それは聞いたことがあるわ」

　とケルトもうなずいた。

「以前、ここを通過した商人からだけど、何から何まで〝おかしな〟感じだったそうよ。統治は続いてるんだけど、前ほど凄絶なものじゃなく、それでいて、自由でもない——いえ、自由は自由なんだけど、何処か奇妙な感じがするんだってよ」

「新支配者の為せる業かの。前の主人の消え方といい、気になるわい」

「荷物を置いてから、聞いて来るわ」

　ケルトはこう言って、廃屋の内部(なか)へ入った。

　荷物を床に並べてから、ケルトは外へ出てサイボーグ馬にまたがった。Dのサイボーグ馬は内部に入れてある。

「用心せいよ、ひひひ」

　と左手に送られ、

「うるさい！」

　一喝して、町の中央へと向かった。

　村とは違って、賑(にぎ)やかなのは勿論だが、すぐに、

「おかしいわね」

と首を傾げた。

空気がおかしい。貴族の支配レベルによって緊張度が異なるのが〈辺境〉の町である。ここには緊張がない。噂に聞く〈都〉やその周辺の町村のようだ。ローランヌ男爵は、よほど人間を大事にしているか、無視しているかだ。どちらにしても、住民にとっては大いに歓迎すべき事態といえた。

まだ戸を閉めた通りを進むうちに、粉屋の看板が出ている建物から、若い男が現われた。素早く近づき、挨拶を交わしてから、自分は〈都〉から来た文筆家だが、ローランヌ男爵について知りたいと告げた。

危険な賭けである。町民たちが支配下にいたら、即座に密告されるだろう。

若者はすぐにうなずいた。

「なら、ミャターシの婆さんだよ。五〇年以上城勤めをしてたんだ。七年前、暇を出されたとき、全く普通の人間として戻って来たから、みんな度胆を抜かれたもんさ」

若者から住所を教わり、ケルトはDの下に引き返した。

「行くぞ」

とDは言った。

ミャターシ老婆の家は、二人の隠れ家から西北へ五キロほどの場所にあった。

ステンドグラスを嵌(は)めこんだ窓、石塀に絡みつけた薔薇(ばら)の蕾と蔓、庭師の手が入っている清潔な庭。建物も古いがあちこちに修理の痕を留めている。

「——金がありそうじゃな」

左手が感心したように言うと、

「館から帰って来たとき、びっくりするくらいのお金や宝石を持っていたらしいわよ」

「ローランヌはよほど金払いがいいらしいの」

呼び鈴を鳴らしてすぐ顔を出した老婆は、服こそ質素だったが、その胸もとにはケルトが眼を丸くしたほどの精緻な意匠を施した黄金のネックレスが輝いていた。

「何か——」

と出て来た途端に、その場へへたりこんでしまった。Dの顔を真正面から見てしまったのである。

ハウハウハウと懸命に息つぎする老婆を居間のソファに横たえてから、ケルトがしみじみと、

「美しい男って罪ねえ。もう少し心臓が弱かったら、即死してるわよ」

酒(ワイン)の水割りを飲ませると、五分ほどで正常に戻った。

「ローランヌの話を聞きたいの」

とケルトが申しこむと、いいともと話してくれたが、二度とDの方を見ようとはしなかった。

その話によると、

「男爵さまは、ほんに良い御方で、一七歳で奉公したあたしを、大層可愛がり、大事にしてく

れたよ。お給金も約束どおり払ってくれた上、たまに実家に帰るときは、黄金の塊りを土産に持たせてくれた」

　ケルトは訳がわからなくなった。

　人間を正式に雇い入れる貴族は極めて少ない。貴族の力をもって拉致するのは、空気を黄金に変えるくらい容易いことだからだ。これでは、使用人思いの大金持ちではないか。

「館の勤めの大半は、昼過ぎから夜明けまでの家政と、男爵さまの身の廻りの世話じゃった。正直、最初は夜、あの方が眼を醒ましてから眠るまで、心臓が高鳴って仕方がなかったけれど、それも、じき慣れたよ。時間的なことを除けば、男爵さまに貴族らしいところは何ひとつなかったのじゃ。血を吸うところを見たこともなければ、〝もどき〟が眼に入ったこともない。あたしは五〇年間、日の出から日の入りまで眠るだけの普通の方にお仕えしていただけ」

「他の貴族との付き合いは？」

　とケルト。いくら人間と変わらぬ日常生活を送る貴族でも、同類相手には貴族として付き合わねばなるまい。

「あそこにいる間、貴族は誰ひとりやって来やしなかったね。そうか、一度きり、東から来た貴族の一行が、道中ハンターどもに襲われ、撃退したもののこちらも負傷したから休憩所と治療場所を貸してくれと言って来たけど、あっさり断ってしまった。ねえ、教えておくれ、あの人は本当に貴族だったのかい？」

「城の住人は？」

「かなりの人数はいたようだけど、あたしは誰ひとり会わなかったよ。深夜に沢山の人の声がしたのは聞いたことがあるけれど、それだけさね」

一〇〇ダラス硬貨を置いて、ミャターシ婆さんの家を出たのは二時間後であった。

「何なの、ローランヌ男爵って？」

ケルトが唇を尖らせて、当然の質問をした。

「本当にいい雇い主としか思えないわ。でも、目眩しよ。私は騙されない」

「五〇年間、貴族らしいことを何もしなかったというのは、確かに異常じゃの」

「私の彼を串刺しにしたわ」

左手はこの後沈黙した。それから、

「ひょっとすると」

と言った。ケルトはDを見たが、宝石のような美貌は、それにふさわしい沈黙という言葉を選んだ。

左手は構わず言った。

「これは早めに出向いた方がいいかも知れんぞ。人間並みのおかしな貴族の下へ、おかしな人間が訪れた。ただでは済まんぞ」

Dは丘の方を見て、

「ここにいろ」

とケルトに告げた。

勿論、返事は、

「嫌よ。一緒に行くわ」

であった。

「残った方がいいぞ」

と左手が勧めた。

「全く貴族らしさがない貴族というのも、何処かおかしい。いま、おまえの胸には殺意がたぎっているはずじゃ。それが生命取りになるかも知れん」

「嫌よ。べーだ」

悪態をつくその額へ、Dの左手が当てられた。一瞬でケルトは気を失った。それを馬に乗せ、馬の首筋に左手を当てた。

「行け」

左手はサイボーグ馬の尻を叩いた。同時に目的地を叩きこまれでもしたかのように、サイボーグ馬は走り出した。

「少なくとも、ウィチャリー家の二人はおるじゃろう」

また答えず、Dは丘の館を見やった。

隠れ家に辿り着いてすぐ、ケルトは意識を取り戻した。たちまち血の中に怒りが沸騰した。

「Dの奴——よくもあたしを置いて。——行くわよ！」

サイボーグ馬を外へ出そうとしたが、動かない。隠れ家へ到着すると同時に機能停止を指示されたとは、ケルトにもわからなかった。

「修理するしかないわね」

鞍を下ろし、脇腹の皮膚カバーをめくると、タッチパネルが現われた。

動力系統のグラフに眼を走らせた。

「作動停止——やられた！」

きいいと地面を蹴りとばした耳に、

「お怒りのようね」

聞き覚えのある声がした。

虹色の衣をまとった影が、奥の隅から現われた。ブリギッテだ。

だが、サイボーグ馬からそちらへ向けたケルトの怒りの表情は、別のものを見たように緊張した。

「あんた——」

「どうかした、あたしが？」

娘はにこやかに近づいて来た。

「止まれ」

ケルトは発射器を肩づけした。

「犬歯の先がはみ出てるわよ、ブリギッテ。やっと誰にも遠慮しないで首が落とせるわ」

「少し遅かったわよ、ケルト」

ブリギッテはもう隠さなかった。唇から覗く犬歯は牙と化していた。

「〝もどき〟」

引金を引こうとしたケルトの腕が不意に硬直した。背後に近づいていた影の主が、万力（まんりき）のような力で手首を締めつけたのである。

「――お、おまえは⁉」

ねじ曲げた首の前で、〈都〉の特別調査官ジェルミン・ウィルクは、人懐っこいとさえいえる笑みを浮かべていた。

「おまえもブリギッテの盟友になってもらおうか」

「やめて」

身悶えするケルトの首すじに〝もどき〟独特の氷のような息がかかった。

その時――別の声が、

「仲間割れとはみっともない」

と言った。三人はその声を追った。

頭上へと。

長い髪を滝のように落とした女が、逆しまにこちらを見下ろしていた。

「我が名はチャドス・アラート、男爵の守り人よ」

冷たい声は降りしきる雪を思わせた。血色の雪を。

# 第七章　影の変容

## 1

ウィルクの戦闘服は、様々な戦闘兵器を印刷（プリント）した一着の軍隊といえた。右胸から射ち出された薄みどりの小火球は、逆しま女――チャドス・アラートの黒髪に吸いこまれた。髪の中といえど、炸裂（さくれつ）すれば直径五メートル――七千度の火球が生じ、径内のすべてを灰と変える。

黒髪の一部が膨れ上がった。すぐに戻った――同時にチャドスも地上に降り立った。

その胸を銀色の楔（くさび）が二本貫いた。

プリント状――二次元面から三次元の刃と化した楔だ。だが――

ケルトとブリギッテが眼を見張った。楔は数十条の髪の毛に巻き止められていたのである。

「待て」

ウィルクは右手を上げて言った。

「ローランヌ男爵の守り人と言ったな。おれはジェルミン・ウィルク――〈都〉から派遣された特別調査官（エージェント）だ。おまえの主人には何の関心もない」

「では、その〈都〉のエージェントが何故ここにいる？」

「ローランヌに二人の客人があったはずだ。その女の方に用がある」

「どのような？」

チャドスの黒髪が妖しくざわめいた。

「それは言えぬなあ。ローランヌは彼らの目的を聞き取ったか？」

「どうしても言えぬか？」

「言えぬ」

「では」

声と同時に上体をふったチャドスの髪がウィルクへと伸びた。一本一本に殺気がこもっていた。

両肩から長い光が躍（おど）った。女の髪を迎え討ったのは、三メートルにも及ぶ長刀であった。髪は断たれた。のみならずさらに伸びた刀身は、チャドスの乳房のふくらみを横一文字に斬り裂いていたのである。

血しぶきを奔騰（ほんとう）させつつチャドスは後退した。

ウィルクの顔面装甲が消失し、うす笑いを浮かべた顔が現われた。

「ローランヌのところへ――」

言いかけた顔を地上から光る霧が襲った。

「ぐおおっ⁉」

ウィルクが顔面を護（まも）ったのは、チャドスの髪を警戒したからだ。だが、それを切断し、のみならず痛打を浴びせたことで、彼は装甲を外した。その一瞬をチャドスは待っていたのかも知れない。ウィルクの顔面に吹きつけたものは地上に落ちた数百本の髪であった。

反射的にウィルクは両眼をカバーし、しかし、かろうじて左眼は守ったものの、右眼は見事に刺し貫かれていた。

数十条の血の色を引きつつ、彼は身を翻した。

「決着は次だ！」

走る身体はバイクにまたがっていた。

同時に、胸から下を鮮血に染め抜いたチャドスもまた、憎悪に燃える眼でケルトを一瞥（いちべつ）するや、新たに伸びた髪を彼方の木の大枝に巻きつけて宙に舞っていた。

鋼線発射器を下ろして、

「どうして急に――」

とケルトはつぶやいた。チャドスの傷は致命傷とはならなかったのである。次の標的は自分だ。あの女には十分余力があった。勝利の自信と殺意——それを凌ぐ何かが自分を救ったのだと、ケルトは納得した。

いや、もうひとりも。

ウィルクのいた場所から数メートル離れた地べたに朱色の影が仰向けに横たわっていた。ブリギッテだ。虹色の衣を別の色に変えているのは、全身に刺さった髪の毛であった。チャドスの毛術は彼女も襲ったのだ。

走り寄って訊いた。

「聞こえる？　毛針だらけよ。動ける？」

「……何とか」

地を這う声であった。毛針は心臓まで達していなかったようだ。ケルトは右手を伸ばした。

「なら立ちなさい。手を貸すわ」

「助けて……くれるの？」

「仕方がないでしょう。私は甘ちゃんなのよ」

「……そうみたいね。でも、自分で立つわ」

「カッコつけるのはよしなさいよ」

「……手も針だらけなのよ」

ブリギッテはゆっくりと上体を起こした。ケルトでさえ耳を覆いたくなるような苦鳴が、その唇を割った。

　何とか立ち上がったのも奇蹟なら、ケルトとサイボーグ馬のところまで歩いたのも奇蹟だった。

「あんたの親分さっさと逃げ出したよ、冷たい男ね」

「仕方がない。あの人は人間だから」

「すると――あんたを〝もどき〟にした奴は？」

「あたしの血を吸ってから、彼に殺されたわ」

「〝もどき〟になっても殺られるときは簡単だこと」

「嫌がらせを言う暇があるんなら、殺しなさいよ。あたしを生かしといたら、絶対にまた狙うわよ」

「そのときはそのときよ。横になりなさい」

「はいはい。どうするつもり？」

「髪の毛を抜くわ」

「え？」

　ケルトはサイボーグ馬から、サドルバッグを外して戻った。

「髪の毛を凶器に使うのは、あいつだけじゃないのよ。村へ来た旅人が〈都〉のお尋ね者だとわかって、治安官と助手が三人、彼が泊まっている農具小屋へ押しかけたの。うちひとりは私。

〈都〉の殺人鬼がどんな武器使うのか見てみたかったの」

「そいつが髪の毛を?」

「ええ。私以外はみんな刺し殺されちゃった。お尋ね者を二つにしてから、まだ息があった治安官をその場で手当てしたのよ。抜き取るコツはすぐにわかったわ」

「なら――試してみたら?」

「そんな余裕のある口をきけるのも、いまのうちよ」

ケルトはにんまりと朱唇を歪めた。右手に大きくて武骨なペンチみたいな工具が光っていた。

「これ一応針よ。そんなもので一本ずつ引き抜いてたら、来年の冬が来ちゃうわよ」

少しうんざり気味のブリギッテへ、ケルトは白い歯を剝いて笑いかけた。

「安心しなさい。ひと抜き千本――さすがにそれは無理だろうから、二、三〇本ずつ――一〇分もかからないわよ」

「――一〇分」

何気ないブリギッテの物言いに、絶望を見抜くのは難しい作業ではなかった。

「そうよ、我慢できるわね。ま、ショックで死んじゃう場合もあるけど、あなた、呼吸するのもキツいんでしょ」

「いえ、うっ⁉」

ケルトのペンチはブリギッテの胸の毛針をまとめてはさんだ。どう見ても五〇本以上あった。

凄惨な苦鳴が何もない空間を震わせた。それはきっかり一〇分間続いた。

丘の麓に着くとすぐ、Dは頭上を見上げた。

「誘導飛行体じゃの」

左手が言ったが、緊張している風はない。とうに読んでいる警備体制の一環だ。

「それも一機――攻撃用ではあるまい」

その指摘の正しさを示すように、ほどなく頭上へ舞い降りて来た円盤状の飛行体は、一〇メートルほどの高さで停止し、

「ようこそ、ローランヌの館へ」

甘い女の声で言った。

「主人がお待ちかねでございます。何も気になさらずおいで下さいませ」

前方にはゆるやかな坂が館の門まで続いている。

Dは無言で上りはじめた。

二分で着いた。

門は開いている。

そこをくぐると、緑の芝生の中を、敷石の道が館へと直線を引いている。無数の小路の先は鬱蒼たる森か人工池だ。どれも壮麗な館にふさわしい整然たる佇まいを見せていた。人の姿の

ないのが瑕瑾であるが、これは仕方がない。

正面玄関で下馬すると、待機していた黒服の執事がサイボーグ馬の手綱を取って、馬止めの柵につないだ。アンドロイドである。

広大なホールには別の黒服が待っていた。

彼を先にホールを抜けた。家が収まるほど広い廊下が続いていた。

「何とまあ、絢爛たるものじゃのお」

左手が感嘆した。

「設計はジャルダン公爵方式じゃの。象嵌の造りと収められた像を見よ。〈都〉の美術評論家とやらが見たら、感動のあまり発狂間違いなしじゃ。しかし、長いのお。何処まで歩かせるつもり――」

言い終わらぬうちに、二人は徒歩一時間もかかりそうな廊下の端まで移動していた。

「ほう、〝ゆっくり歩き〟も備えておるか」

名前とは逆に、秒速一万キロであらゆる物体を移動させる高速運搬方式である。ただ、一回の実動距離は五キロ以内に留まり、身体に多少の負荷がかかる。

何度かそれを繰り返して、二人は紫色のドアの前に到着した。

「変わった趣味じゃな」

召使いが到着を知らせ、ドアは向うから開いた。

紫の絨毯を敷きつめた室内は、色彩さえ別にすれば典型的な貴族のものであった。

「ようこそ」

ローランヌ男爵が近づき、右手を差し出した。

尋常では考えられぬ振舞いであった。Dをハンターと知った上での握手である。

Dは手を出さない。気にした風もなくローランヌは右手を引いて、溜息をついた。

「噂には聞いていたが、何たる美形だ。錚々たる貴族たちが討たれたのは、それに眼がくらんだためか」

「電子像に用はない」

とDは言った。陽光の時刻に現われる貴族は電子の3D画像が定番だ。

「ウィチャリーと名乗る夫婦が来ているはずだ。何処にいる？」

「失礼ながら、どうするおつもりかな？」

ローランヌの笑顔に変化はない。Dの対応からすればあり得ないことであった。

「処分する」

「それは険呑なことを――失礼ながら、私が主人になって以来、我が館の中で血を見たことは一度もない。これからもそうあって欲しいと思っている」

「あの女は、触れたものすべてを〝もどき〟に変えてしまう力を持っている。おれの用が済めば、館は元に戻る」

「二人は奥方のその性癖を治療するためにここへ来た。窮鳥懐に入れば、というやつでな。いま渡すわけにはいかん」

「治療は可能なのか？」

「目下、当家の医師が治療に当たっておる」

「結論はいつ出る？」

「私には何とも――数日はかかるだろう」

「医師と話させてもらおう」

「よかろう」

ローランヌはうなずいた。

奥のドアが開いて、丸眼鏡をかけた白衣の人物が入って来た。

「ドクター・ダッケルだ」

とローランヌは紹介して、

「エレノア・ウィチャリー夫人の診断結果を聞かせて差し上げたまえ」

「目下のところ、治療は不可能でございます」

打って返すような返事より、その内容に驚きの表情を浮かべたところをみると、ローランヌ自身も予想しなかった答えだったに違いない。

それを読んだものか、ダッケル医師は背筋を伸ばして、

「まず、あのような病を得た原因がわかりません。次にどのような体内システムによって、接触による〝もどき〟化が可能なのかも不明でございます。唯一の方策として、素粒子レベルでの機能の探索と、現在に到る歴史の調査とを同時に行っております」

「ふーむ」

ローランヌは下唇を突き出し、Ｄの方を向いた。

「とのことだ」

と告げた。返事は、

「二人の下（もと）へ案内しろ」

「その前にお聞きなされ」

とダッケル医師は言った。

「ハンターとして、あの二人を追い求める目的は、奥方の処分であろうが、目下の処置が上手くいけば、夫人は平凡な――そこらにいる娘と同じ人間になれるやも知れぬのだ。その可能性を無視して彼女を手にかける必要があるのかね？　この館に留まる限り、彼女は新たな〝もどき〟を作り出すこともない。いまのところは、夫とわしにすがるしかない哀れな一女性にすぎん。あと少し猶予を頂きたいものだな」

「よかろう」

とＤは言った。

「だが、逃亡は許さん。自発的にしろ、おまえたちが手を貸すにせよ、だ。逃げれば地の果てまでも追う。おまえたちを処分してから、な」

物静かな声が、これほどまでに聴く者たちを凍りつかせることなど、まずあるまい。

ダッケルの頬をしずくが伝わった。冷汗であった。

「ローランヌの名と名誉にかけて逃亡させたりはせぬ。それを信じて、Dよ、いまは館の客となるがよい」

Dは答えず、医師へ、

「治療法が判明するまでに要する時間は？」

「左様、まず五日は頂きたい」

「よかろう」

Dはかすかにうなずき、ローランヌがまた溜息をついた。

## 2

ウィチャリー夫婦は庭にいた。ローランヌ自慢の薔薇園(ばらえん)が、絢爛と二人を迎えた。

「エレノア」

ボリスは妻の行為を諫(いさ)めようとしたが、彼女は白薔薇を一輪枝ごと折り取って見つめた。

「不思議ね。薔薇は枯れませんわ」

白い艶を刷く花弁は艶やかにかがやき、エレノアの顔を映していた。それは、触れた薔薇すべてを萎れさせ塵に還すという貴族の伝説に異を唱える現象であった。

夫は続く妻の言葉を聞いた。

「私に出来るのは、触れた人間すべてを貴族に変えてしまうこと。この世界には居場所がありません」

「おまえはその原因を一度も口にせぬ」

ボリスは声を荒げた。

「私もおまえのために人間を捨てて魔術を身につけた魔人となった。おまえはそれにも触れたことがない」

「そうでしたかしら」

「そうだ」

エレノアは白い花を口もとに上げた。

エレノアはもう一輪折り取って、ボリスに手渡した。

「せめて花の香りを」

夫はそれを胸に飾った。

「私はこの数日、この館へ来たことが正しかったかどうか考えていた」

「……………」

「永遠の沈黙をと思っていたが、いま訊こう――おまえは、まことここへ来たかったのか？ その病を治したかったのか？」

エレノアは静かにうなずいた。見た者が全員倒れてもおかしくはない優雅で可憐の極みであった。

いつもならこれで沈黙したであろう。だが、今日のボリスは違った。

「答えよ」

と促した。

沈黙が落ちた。夫婦はいま別々の世界にいるのかも知れなかった。

だが、いつかは重ならなければならない。ボリスの唇が動いた。

エレノアがふり向いて、背後を見た。薔薇の間を縫う道の端に、夜目にも美しい若者が立っていた。その瞬間、花が枯死してもおかしくはなかった。恥じらって。

「D」

と呻いたのはボリスであった。

「ついに来おったか。追いつめたと得意になるな。待っていたぞ」

「ボリス・ウィチャリーに用はない」

とDは言った。獲物は別にいる、と。

「……D」

同じひと言に比較にはならぬ想いがこもっていた。

エレノアであった。

「背中の剣は、私のためね？」

返事はない。それが答えだった。

すうとDの方へ歩み出したエレノアを、ボリスが片手を上げて遮った。

高々と上げられた右手は、黒い杖を握っていた。

「〈都〉の刺客とやらを撃退した〝呼雷術〟だ。Dよ、おまえに妻は渡さん」

「あと五日間、こやつは女に用はない」

Dの左手のあたりからの嗄れ声がボリスを驚かせた。

「ここへ来たのも、恐らくは闘争の場をチェックしにじゃ。安堵せい」

「そうはいかん」

ボリスの掲げた杖の遙かな高みに、黒雲が密集していることに、Dは気づいていただろうか。

「我々を追って来た以上は刺客。討たずにはおかぬ」

黒雲の内部に閃光が広がった。

光が天と地をつないだ。

「おお!?」

と叫んだのは、左手であった。

背後から走り寄った人影が、Dの位置で雷撃を受けたのだ。

「ローランヌ男爵」

ボリス・ウィチャリーが見たのは、全身を電子の周波線で埋めた館の主人(あるじ)であった。Dはその背後にいる。押しのけられたのではない。間一髪で後ろに退いたのだ。

「ミスター・ボリス・ウィチャリー」

と男爵はいつもの軟らかい声で話しかけた。

「あなた方も客人だが、いまはこのハンターも客人だ。私の館の中で客人同士の戦いは許しません。矛を収めるがよろしい」

電子の乱像はしかし、たちまち復活していった。

「おやめ下さいませ、あなた」

エレノアがささやいた。

「ご無礼をお詫びする」

ボリスは一礼し、それから言った。

「決着は五日後だ。それまで我々の前に姿を現わすな」

「約束は出来ぬな」

と左手が言った。

全身を激情の波に包んだ夫を、

「参りましょう。薔薇はなお咲き誇っておりまする」

と妻が誘い、歯がみをしながらも夫は従った。

ローランヌの姿もない。

「遂に会ってしもうたの」

と左手はしみじみと言った。

「この前おまえと会いさえしなければ、美しい平凡な女として一生を終えられたものを」

Dはもと来た方へ無言で歩き出した。

その途中、

「はて、あの弓矢娘はどうしたものか?」

と左手がつぶやいた。

夕暮れどきになっても、Dは戻って来なかった。

毛布を敷いた上に横たわるブリギッテへ、

「少しはよくなって来た?　じきに陽が落ちるわよ」

とケルトは、一種意味ありげな声をかけた。これからは貴族の時間なのだ。ブリギッテは〝もどき〟の貴族的能力を回復し——さて、どうなるか。

　ケルトが鋼線発射器を手放さぬのは、そのためと、ウィルクが気になるせいであった。チャドスは致命傷を与えていない。あの奇妙な戦闘服を着て、必ず再攻をかけて来るだろう。自分の武器で抗し得るかどうか。ケルトはある決意をして、ブリギッテに言った。

「その衣——私でも使える？」

「え？」

　ブリギッテは眉を寄せた。ウィルクの毛針を浴びたときよりは、ずっと表情が和らぎ、呼吸も確かだ。闇が近いせいもあるが、毛針をまとめて引き抜くという荒っぽい治療が功を奏したのは間違いない。

「Dなしでここにいるのは正直危ないのよ。あんたの情(つれ)ないボスが戻って来たら、よくて相討ち。だから夜明けまでジッシュの町の何処かに移っていたいの。ところが、移動の手段がないと来たわ。あの色男め」

　サイボーグ馬の動きはDの手で止められているのだった。

「いきなり素人には無理だけど、あなたならやれるかも」

　ブリギッテは上体を起こして、衣を脱いだ。

「普通に着て、真っすぐ五〇メートル歩いてごらんなさい。それが出来たら、もう大丈夫。風に合わせたり、上昇下降のタイミングは慣れるしかないわね」

　それから天井を見上げて、硬い表情を作った。

「どうかして？」

「飛んでる途中、でっかい鳥の影を見たの。多分、改造生物の鷲だわ。気をつけて」

「任しとき。これでも現役の〝武器屋〟よ。それと――この衣、あなたや荷物も運べるわよね？」

「大丈夫よ」

ブリギッテはVサインを作った。

「でも町へ行くなら早く連れてって。夜が来るとあたしは危険よ」

幸い、五〇メートル・テストは一発でOKだった。ひと足ごとに身体が浮き上がりながらも、直進できたのである。

ブリギッテを背負い、バッグを抱えて、ケルトは夕闇迫る空へと舞い上がった。


無人の隠れ家をDが訪れたのは、その数分後であった。

「ひと足遅れたの。多分、町じゃぞ。馬の代わりは、あの衣じゃ」

左手の声を待ちもせず、Dは馬首を巡らせた。


エレノアは夕方から検査と治療を受けはじめた。

ただ待っているだけでは退屈の極みだ。ボリスは城の内部を散策することに決めた。

目的地を定めず、地下一階へ下りた。

いきなり凄まじい叫びが鼓膜を震わせた。

声の方へ向かった。

広い傾斜路の行き止まりで、黒髪をふり乱した女が暴れ廻っていた。

アンドロイドの召使いたちが五人ほどで制止に努めていたが、髪の毛に絡め取られ、放り出されて石壁に激突、うち一体はボリスの足下までとんで来て、青い電磁波をふり撒きながら動かなくなった。

五体ものメカ人間を破壊した女は、血走った瞳を周囲に走らせ、ついにボリスを映した。

駆け寄って来る。悪鬼の形相であった。

その首すじを電光が直撃した。

がくりと膝をついた女へ、

「チャドスか?」

とボリスは訊いた。

「そうですとも」

苦鳴と取れる声には、なおも敵意と憎悪がたぎっていた。ドレスの胸もとが横一文字に裂け、豊かな乳房が剝き出しだ。乳房にはドレスと同じ傷がついていた。

「治療は上手く進んでる?」

「何とか、な」

「それはよかったわね。奥さんが大事なら、早く出て行きなさい」

「どういう意味だね?」

「ここは人間のいる場所ではないのよ。あなたはただの人間じゃなさそうだけど」

急に女は何か思い出したような顔になって立ち上がり、かたわらの通路へと走り去った。

少し遅れて、見覚えのあるダッケル医師が現われた。あちこちに横たわるアンドロイドを見下ろし、右の人さし指を立てると、

「C出入口だ。アンドロイド五体——引き取って処分せよ」

と告げ、ボリスをこちらへと誘った。奇怪な移動法で着いたのは、医師の私室であった。

「さっきの女はチャドス・アラート。男爵さまの守り役と自称しております」

「自称? 認められてはいないのかね?」

「少々厄介な女でしてな」

ダッケル医師は苦笑した。

「ついさっき、恋人が亡くなったのですよ。それでアンドロイドの護衛を——女というのは厄介です……。いやいや、奥さまは例外ですぞ」

「治療は進んでおりますか?」

「順調に、とは言えませんが、まずまず。私もはじめて見る身体状況です」

「やはり」

「おお、そう落ちこみなさるな。五日間と申し上げた以上、それ以内に、ご希望の奥さまにしてお返しいたします」

深々と一礼してから、ボリスは妻に会えるかと訊いた。ダッケルは了解した。

殺風景な病室というより、豪奢(ごうしゃ)な寝室であった。

ベッドサイドの銀色をした円筒から、ベッドのエレノアの白い両腕に半透明のチューブが刺しこまれている。それだけだ。眼を凝らしても血液や他の薬液が循環している風はない。分子レベルの細胞情報の収集やＤＮＡ検査結果が、円筒の中で行われているとは想像も出来なかった。

名を呼ぶと、エレノアは眼を開けた。

「いま、チャドスに会ったよ。人間のいるところじゃないと言われた。出て行けとも」

「貴族のお屋敷よ、仕方ないわ。チャドスはどちらなの？　それとも――〝もどき〟？」

「さて」

「どちらでも、仰ることに間違いはなさそうね」

ボリスはひと息ついて、

「ここへ来ようと言ったのは、私だ。何とかおまえを元に戻したかった」

「感謝していますわ」

力なく微笑む妻を、夫はじっと見つめた。

「間違っていたかも知れぬな」

「どうして？」

蒼く澄んだ瞳が静かに問いを放った。

「この館が近くなるほどに、おまえは悲しみの翳を濃くしていった。人間には戻りたくないとでもいうように」

「誤解です」

「いまとなっては、どんな言葉も遅い。ダッケル医師は、きっとおまえを人間に戻してくれるだろう。だが――それはおまえの望みなのか？」

「あなた――何を？」

「先刻――Dと会ったおまえを見たとき、疑念は確信に変わったのだよ、エレノア」

「………」

「おまえはあの男と生きたい――言い方を変えれば、同じ〝もどき〟になりたいのだ」

「そのような――やめて下さいませ」

「触れただけで人間を〝もどき〟に変える女――それは何者だ？　自分でもわかるまい。だから、おまえは望んだ。せめて、あの男と同じ立場になれるように、となる」

「あなた」

エレノアは夫を見つめた。悲しみを湛えた夜咲く花のような顔に、涙はなかった。

## 3

平行飛翔に移ってから二分とたたないうちに、ケルトは前方に羽搏く馬影を認めた。距離は七〇〇メートルと踏んだ。見つかったら終わりだが、いまなら逃げられる。蒼い空にはまだ光が揺曳していた。

「急降下するわよ、我慢して」

とケルトは背中のブリギッテに声をかけ、返事も待たずに両腕を傾けた。

一気に落ちていく。下は平原とその中を細々と走る筋――街道だ。

耳もとで風が泣き叫んだ。地上一〇〇メートルでスピードを落とし、上昇へ移る寸前、空中で停止する。

前方に見えた。大鷲がやって来る。

距離は三〇〇もなかった。上昇するにはゼロからスピードを上げなくてはならない。

「もう一遍！」

ケルトの叫びに押されたかのように、二人は急降下に移った。

「無茶よ」

ブリギッテの声よりも背後の気配の方が気になった。もう一メートルもない。急制動をかけたのは、地上三〇メートルのあたりであったろう。背後の奴は、そのまま二人を撥ねとばして地上へ突っこんだ。それがばらばらになるのを見届ける前に、二人は制動なしで宙をとび、街道から一キロも離れた地点に激突した。

地面とは異なる感触に、しめたと思う間もなく、ケルトは意識を失った。

ジッシュの町で尋ねても、ケルトとブリギッテの行方は知れなかった。隠れ家を出る際、ケルトはブリギッテを同行する旨と事情をメモにしたため、残しておいたのだ。

「我々を待ちくたびれて、ここへ飛んで来たと思うたが、途中で何かあったらしいの」

「大鷲の時間だ」

「あの武器娘が簡単にやられるとは思えんが、お荷物が一緒じゃ。それに、〈都〉からのエージェントがうろついておるわ」

通りを歩いていると、一二、三の少年が駆け寄って来て、Dさんかい？　と訊いた。うなずくと、一通の手紙を渡された。一時間ほど前、鎧みたいな格好の男から、見たこともないハンサムに渡せと小遣いを貰ったらしい。それ以外何も知らないと言って、少年は去った。

手紙には、女二人を預かっている、明日の二：〇〇ANに、この町とローランヌ城との中間地点にある森へ来い、と書かれていた。

「やはり最悪の目が出たか——と言っても、おまえには大した話ではあるまいな。放っておくか？」

何処か皮肉っぽい口調であった。

「依頼主だ」

とDは応じた。

「おお、そうだった。すっかり忘れとったわい。では、とりあえず、館へ戻るか。だが、キツい仕事だの」

Dは館へとサイボーグ馬を駆った。

「どうだ？」

ローランヌの問いに、ドクター・ダッケルは憂いの眼差しを深くした。

「分子どころか素粒子レベルでの調査を行っておりますが、はかばかしい結果は出ておりませんな。変化が生じているのは確かなのですが、それを生じさせている原因が雲を摑むようでして」

「ほう、ドクターにも見当がつかぬとは」

ローランヌは苦笑した。それを凍らせて、

「ひょっとすると——」

ダッケルもうなずいた。どちらも打ち合った掌が、同じ響きをたてたのだ。

「あの御方か」

とは、どちらの言葉であったろう。

「すると治療は無駄か？」

「いえ。アルデバラン方面から降り注ぐ宇宙線の中に、効果の手がかりを含んだものがありそうです。それと――」

この医師をして口をつぐませたものが、男爵の眼に、異様な光を帯びさせた。

「ドクター、あなたの性癖を知り尽した者として言うが――」

「わかっております、男爵。正直、胸の打ち震えるばかりでございますが、どうぞご安心を」

「あなたは父の代から我が家の優れた侍医であった。信じてよろしいな？」

「おこころのままに」

ダッケルは眼を閉じて一礼し、ベッドに眠るエレノアの方へ向かった。

相も変らぬ二本の管と――身体の上を古風なＵＦＯ型の円盤が、青く点滅しつつ飛び廻っている。代謝センサーだ。

ダッケルは男爵の方に向き直った。そのとき浮かんだ表情は、男爵の血を凍らせた。この医師はこれほどの苦悩を抱いていたのか。

だが、それも束の間、彼は、

「打開策かどうか自信はありませんが、ひとつ気になることがございます」

「ほお」

「あの美しい黒ずくめの刺客――Dと言いましたか」

「おいおい、恐ろしいことを言うてくれるな、ドクター。ひょっとして、彼の検査もしてみたい、とか？」

「どうしておわかりで？」

「同じことを考えていたとみえる」

「正しく」

ダッケルの全身は硬く震えていた。

「はじめて見たときから、彼は私の医師としての信念――貴族の疾病は『大いなる過去』に根ざす――を震わせました」

「同感だな」

「理由はおわかりで？」

「いいや」

「私もでございます」

ダッケルは、かたわらの正体不明のメカに両手をつき、

「もしも可能なら、ミセス・ウィチャリーの病は完治し得ます。Dという若者の何かを治療法

に加えることによって」

　この貴族がこんな思慮深そうな顔を、と思わせる表情を男爵はこしらえた。

「それが可能になった場合、ドクター、あなたはそれまでの治療を続行できますかな？」

「無論」

「では、Dの件――手を尽してみましょう」

「なにとぞ」

　二つの視線が眠れる美女に吸いこまれた。

　ひとつは何処か寂寥をこめて。ひとつは何やら昏く、意味ありげに。

　戻って来たDを、ローランヌ男爵はホールで迎えた上、私室へと招いて、驚くべき要求を行った。

　ドクター・ダッケルにDの肉体的なチェックを行わせてくれというのである。

「理由は？」

　嗄れ声が訊いた。

「ウィチャリー夫人の治療の決定打になるという」

「ふむ」

　と左手が沈黙したのは、響くものがあったとみえる。

「施術自体は、血液と皮膚の一部、あとは、精神波をアカシック・レコードと照らし合わせるだけだ。ただし、決定打にはなるが、完治するかどうかは不明だ」

「ヤケにあの女房の肩を持つな、男爵よ」

　と左手が皮肉っぽく言った。

「先代の男爵は突如、失踪し、後を継いだおまえは、別人のように人間たちを手厚く庇護したと聞く。何故だ？」

　これはDである。

「私はものごころついたときから、父を憎んでいた」

　男爵は窓の外へ眼をやった。月が出ている。

「私はあそこで生まれた。母とともに追いやられたのだ。貴族は月を改造しなかった。その美しさに手をつけてはならぬという理由でな。私と母を待っていたのは、死の世界だった。月の美しさの代償は死だった。私はそこで生まれ、二〇年間育てられた。その間の父の暴政はご存知だろう。彼は時折月へ来て、私たちのもてなしを受けた。その見返りは、母への殴打と私への厚遇であった。私は後継ぎとして、母への虐待は許せなかった。何度も抗議しては、父の部下たちに別室へ拉致されたものだ。やがて、母は月で亡くなり、私は地球へ連れ戻され、新たなローランヌ男爵として領土の統治を命じられた」

「そして――父親を滅ぼしたか」

Dの声は、男爵の頬を一瞬震わせた。彼は続けて言った。

「おまえ――ダンピールだな」

鉄のような断定であった。

男爵が次の言葉を口にするまでは二秒とかからなかったが、永劫の時間とも思われた。

「私は父を始末し、人間と貴族双方のために善政を敷こうと努めた。だが、父の部下たちはみな離反し、私に刃を向けた」

「それも皆殺し」

と左手が言った。

# 第八章　歌声去りゆきて

## 1

　凄まじい内容の指摘に、男爵は苦笑に近い笑みを浮かべた。

「家来を殺したのは、村の者たちだ。昼間やって来て、私以外の者たちを滅ぼした。もと人間もいたというのに、恐ろしいことだ。アンドロイドしかいない無人の城内というのも、なかなか不思議な眺めだった」

「あの医者はどうした？」

「所用で外出しておった。村人たちは、殺戮を詫びて去った」

「よい話じゃな」

「よかろう」

　とDが言った。

「何ィ？」

と左手が呻き、男爵もはっと彼を見た。

「これは嬉しい——では、いつ？」

「これからすぐ。明日は用事がある」

「おお！」

五分とかけず、Dと男爵は医師と患者の前に立っていた。

「これはありがたい」

ダッケルは、男爵を凌ぐ無垢の笑顔を見せた。

施術は簡単だった。

腕から血と皮膚の一部を採取した後で、部屋の一方の隅を指さした。いままで何もなかった空間に、白い肘かけ椅子が置かれていた。あらゆる部分が泡のようにふくらんでいる。

腰を下ろしたDの全身を椅子が包みこんだ。

「アカシック・レコードを読むためには、それなりの用意が必要でな」

医師の声は興奮に粘ついていた。現実にはどのような危険が伴うものなのか、全身は痙攣し、顔は汗で水中にいるみたいにぼやけて見える。

空気が圧搾されはじめた。天井全体が下りて来たのである。Dの真上から、色とりどりのコードが降下して、泡に刺しこまれた。

「お下がりください、男爵さま」

とダッケルが右手で後方を示した。

「何をしている⁉」

とそちらで怒りの声が上がった。ボリス・ウィチャリーがドアの前に立って、こちらを睨(にら)みつけている。足音も高くやって来た。

「妻に何をするつもりだ？　Dをどうしようというのだ？」

「奥さまのためですぞ、ウィチャリー殿」

ダッケルが汗を拭った。

「妻のためにあのハンターを役立てるとか？　絶対に許さんぞ」

すでに掲げられたステッキの上空に黒雲が集結し、紫の光が下方へ尾を引きはじめた。

「ここで、稲妻の召喚はなりませんぞ。お下がり下され」

と医師が叫び、

「おやめなさい、ウィチャリー殿。これは治療の一環です」

とローランヌも止めたが、憤怒をさらにあおり立てたようだ。

「ここへ来たのは、間違いだったのか。私は妻さえ治ればよかったのだ」

「そのために欠かせぬ療法なのです。Dは――」

「その名を口にするな！」

ステッキがDを差す。

その前にローランヌが立った。

稲妻が彼を直撃した瞬間、ボリス・ウィチャリーものけぞった。

どちらも胸を押さえつつよろめいた。ローランヌはかろうじて立ったが、ボリスは仰向けに倒れ、すぐ動かなくなった。

その胸からひとすじの針が——針のような髪の毛が生えていた。

「チャドス」

歩み寄ろうとするダッケルを、恐るべき女ガードは制止し、ローランヌの前に片膝をついて一礼した。

「どうしてここへ？」

雷撃よりの回復いまだしの貴族が、よろめきながら訊くと、

「護り役ゆえ、常にお側に」

ローランヌは死体を見下ろし、

「気持ちはわかるが、愚かな奴。——代わりは作れるな？」

ダッケルはうなずいた。

「早々に——さ、男爵さまも退去なさいませ。後に残るのは、自分と何も見なかった二人のみ。それにこの二人——何やらお似合いという感じがせぬでもなくありませんか」

にんまりと唇を歪めたその眼の中を、紫の光が横一文字に走った。

誰ひとり、驚きの声さえ発しなかった。

確かに即死と見えたボリス・ウィチャリーのステッキから放たれた稲妻は、白い泡を直撃したのである。

「いかん⁉」

見る見る分解し、剝げ落ちる宇宙の記録受容器を、三人は呆然と見つめる他なかった。

ダッケルが両手を虚空にかざし、何やら得体の知れぬ言葉を叫んだ。

崩壊は熄んだ。

泡まみれのDが横たわっている。

ダッケルが駆け寄ったのは、ベッドのエレノアであった。

コードを引き抜き、空中に生じた圧縮データに眼を通す。その数値や図形の変換は、思念による操作であったろう。

数秒で、彼は両肩を落とした。

「何とか」

と洩らして、Dを見た。

もう立ち上がっている。

そこにいる全員が、無事かと問うのをはばかった。

「無事じゃ」

と左手が言った。

「信じられん。三京分の一秒だが、選択データは流れこんだ。入力が寸断されれば、被験者の脳は素粒子レベルにまで分解されるはずだ。本当に――無事なのか？」

「わしはのお。こいつも、多分」

Dが口を開いた。

「いかん。アカシック・レコードの一部だ。耳をふさげ、呼吸もするな！」

左手の指示は遅かったようだ。

チャドスがきしるような叫びを上げた。

そちらをふり向いた男爵が見たものは、黒い塊であった。

「髪の毛じゃな」

と左手が呻いた。

それが全身を己が髪の毛で覆われたチャドスだと、誰が信じられたろう。

三人から少し離れた床上に、もうひとつ黒いものが横たわっていた。這い寄る髪の毛に絡め取られたボリス・ウィチャリーであった。髪の毛は彼らのみならず、エレノアのベッドへと伸びくねっていった。

黒い風が塊に吹きつけた。

跳躍したD——と残る二人が気づく前に、彼はチャドスの頭上へ舞っていた。

ずわわとうねくり上がった髪の束が迎え討つ。硬度は鉄なみ——数万本の髪の針であった。

眼前に迫る髪の針を横に薙いだ風刃に恩賞あれ。針はすべて断たれて風を追った。

Dが着地する前から、男爵は粒子銃をチャドスに向けている。

「お射ちなさい」

黒い塊が、落ち着いた声で言った。

「私はあなたさまの護衛として生まれ、生かされて参りました。ですが、これまででございます」

「正気であったか、チャドス」

喜びにかがやく男爵の顔は本物であった。

「私はあなたさまのお父さまの代から、護衛を務めて参りました」

チャドスの声は力強かった。

「力強く、味方には優しく、敵には鬼と呼ばれたお父さま——口当たりのよい酒か煙草のようなそのご子息さま。私はひたすら、日夜襲撃して来る敵を見張り、正体を暴いては、殺戮に夢中でございました。ですが、あなたの代となって、ローランヌの血は変わりました。限りなく人間どもに優しいローランヌ王よ、私はお父さまに魂を捧げて参りました。ですが、あなたのために、軟弱なる王のために生命を捨てるつもりはございませんでした」

ここでひと息入れて唾を吐き、

「ですが、いま、あなたを守って私は朽ちていく。おお、お父さまがお待ちでございます。おお、その後方にはフラッシュも控えておりまする。私は、彼とともにあなたさまをお守りしたごとく、冥界で永劫にお父さまの盾となりましょう。ああ、フラッシュ——待っていて」

髪の塊は、音さえ立てて崩れ落ちた。

床を埋めたまま動かなくなった髪の毛を踏みつつ、Dは戸口へと歩き出した。

その後ろ姿へ、男爵も医師も、大丈夫かとは尋ねられなかった。代わりに、

「再検査は？」

とローランヌが訊いた。

「明日の昼までにはすべてもとに戻りましょう。ですが、Dは用があると——では、やはり日が落ちましてから」

とダッケルは答えた。

## 2

エレノアは窓辺にもたれて、昼の陽ざしを愉(たの)しんでいた。

不安は何もない。かたわらには夫がいつもより優しく彼女を見つめていたし、見下ろす庭に

は薔薇が咲き乱れているではないか。

紅い唇がメロディに乗った言葉を紡ぎ出した。

風が私を追って来る
名前も名乗らないくせに
いつも一緒とささやきかける

不意に熄んだ。

絢爛たる薔薇の道をDがやって来た。

足を止めて、窓の方を見上げた。

眼が合った。彼はすぐ歩き出した。

エレノアは柔らかく窓辺にもたれた。

「力が抜けたね」

とボリスが声をかけて来た。いつもよりずっと優しい口調だった。

「薔薇の小路を誰かが通るのを待っていたのかね。だが、ご覧。彼の通った跡を」

妻は夫の言葉に従いたくはなかった。

だが、見なくてはならなかった。

Dの通った小路の両側に広がる薔薇たちは、すべて黒々と萎れているのだった。

陽光がサイボーグ馬を下りたDの影を、地に落としていた。

ダンピールの戦闘には致命的な時刻であった。

町と城館をつなぐ広い道のかたわらに、葉の落ちた楓の巨木がそびえていた。

その根元でウィルクとケルトがDを迎えた。

最初に口を開いたのは、ケルトであった。

「ブリギッテは死んだわ」

ウィルクを見る眼は憎しみに燃えていた。

「邪魔だからって、心臓に鉄の楔を打ちこんだのよ、こいつ」

チャドスに針を打たれたブリギッテを、ケルトは懸命に救おうとしたのだ。

「見てのとおり、この娘の武器は奪っていない。どれひとつ取っても、おれを斃せるとは思えないのでな。これもそのひとつ——あの吸血娘を殺したら、これでおれを射とうとした」

右手をふると、小型の自動式短銃が現われた。銃口をケルトに向けた。

「あんたの依頼人だってな。じゃあ、見殺しにするわけにゃあいくまい。正々堂々と勝負を——てなわけにいかねえんだ」

かちりと撃鉄を起こした次の瞬間、ウィルクの腰から迸る粒子線——Dの左胸を貫いた。

よろめくその姿へ、

「ほお、心臓は躱したか。さすがのDだ。だが――。陽光は燦々たるものだ。貴族の血を引く者としては気力も動きも鈍るだろう。次のはどうだ？」

別の光が太腿を貫き、Dは左膝をついた。

「次は首が飛ぶぜ」

「いいえ」

鋭い声が、ウィルクの視線をケルトに注がせた。

ケルトは敵にとびかかった。

引金を引くまで浮かべていたウィルクの笑みが、銃声と同時に苦痛のそれに変わった。

ケルトの短銃は火を噴いた。前後する遊底の後端が。短銃は逆向発射の銃身が仕込まれたトリック・ガンだったのだ。それだけなら、ウィルクの装甲はたやすく弾丸など撥ね返してしまう。

喉の装甲貫通孔から鮮血を放出しながらよろめくウィルクへ、

「弾丸も特別製の徹甲弾よ。ねえ、私が武器屋だって、言ってなかったっけ？」

ウィルクの手から硝煙を上げる武器を奪い取るや、自分のこめかみに斜めに当てた。

タン！　と鋭い銃声が弾けて、ウィルクの顔が弾け、彼は楓の幹に背中から激突し、仰向けに倒れた。

「大丈夫？」

駆け寄ろうとするケルトを、Dは左手をのばして制した。

ウィルクの全身を灰色の装甲が包んだ。手足がねじくれ、機械人のように死者を持ち上げる。

「死後戦闘システムの作動じゃ」

左手の声より早く、Dは動いた。陽光と傷のせいか、動きは遅い。

太い槍状の金属がDを貫いた。

Dはそのまま進んだ。死者は後退しようとしたが、Dは杭を摑んで逃がさなかった。逆しまにふり下ろされた刀身は、不可思議なる力をもって、敵の心臓を貫いた。青い電磁波が全身を巡り、黒煙を噴き上げて、彼はおとなしくなった。

「別のが来るかしら？」

ケルトがおぞましげに言った。

「いずれな」

とDが答えた。陽光の下で胸は血にまみれ、凄艶といってもいい美しさであった。

「いまは城に行く。今夜が山だ」

「私もね！」

闇が落ちた。月が出ている。地上の生にも死にも無縁の美しい月であった。

治療室には、ベッドのエレノアを除いて、四つの人影が集っていた。

Dとケルト、ローランヌ男爵とダッケル医師である。

その時が来た。全身の血が沸き返るのを、ケルトは感じていた。

この日のために苦闘の日々を送って来たのだ。串刺しにされた恋人の姿をケルトは忘れまいと努めた。どんなに辛く凄惨な地獄絵図であろうとも、否、それゆえに復讐の炎は天のふり撒く聖水をも弾きとばして燃え狂った。

ローランヌを滅ぼせ。灰にしろ。

呪詛のごとく唱えて来た相手が、いま眼の前にいた。何度も発射器を向けようとして思いとどまったのは、少し待てとDに釘を刺されたからである。

はたして、殺気に気づいたものか、初対面のローランヌ男爵は、

「久しぶりに肌を刺す憎しみの視線だ。私が君の家族ないし恋人によくない真似をしたようだな」

「ええ、そうよ」

思いのたけが迸り出るのを必死で止めながら、ケルトは、

「出来れば、いますぐ始末してやりたいくらいよ、男爵様」

と言った。声は獣の唸りに似ていた。

「半年前——タドニューブ村よ。これでわかるかしら？」

「記憶にない」

「そんなちっぽけな村での殺戮など覚えてもいないというわけね。なら結構、忘れっ放しで塵になるといいわ。そしたら、私も忘れられるかも知れない。愛しい人の死を」

「言い訳に聞こえるかも知れないが、私はこれでも記憶力には自信がある。タドニューブ村とやらの近くを通ったこともないが」

「あなたたちの話が終わるまで待つわ」

ケルトは脅すように言った。

「それが片づいた瞬間、その首と胴を生き分かれにさせてあげる。強い貴族は首を斬られても生きているって本当？」

「さて」

こうして四人は対峙したのであった。

昏々と眠るエレノアに注がれていた視線のひとつが、Dを向いた。

「——では」

Dは黙然とあの白い椅子にかけた。全身が椅子の色になった。

すべてが昨日と同じ過程を辿った。

「機器の改良は？」

尋ねる男爵に、

「怠りありません」

とダッケルは答えた。彼は灰色のヘルメットを被っていた。

「一日でこしらえたものですが、昨日よりは格段に性能が上がっております。治療の成果は私がまずお知らせいたしましょう」

「大体のところは聞いてるけど、正直チンプンカンプンだわ」

ケルトは左手の鋼線発射器を撫でた。

「でも、Dにおかしなことが起きたら、真っ先におまえを殺してやる」

相手はローランヌであった。彼を見た瞬間から娘の憎悪は沸点を超えていた。

「ここはドクターを信じようではないか」

ローランヌが穏やかに言った。その辺は鷹揚なものだ。ケルトの怒りなどどこ吹く風である。

宇宙的エーテルに描かれた万物の運命が、エレノアとDに流れこみ、彼らも知らぬ情報を探り当て、疾病への治療手段を見出そうと試みる。

見守る者たちの内部を時間はどのように流れているのだろう。

立ち尽していたダッケルの声は、あまりに低かったので、ケルトは聴き取れなかった。

「そうか――そうであったのか……しかし……このような事実を……誰が信じる……」

「ドクター――それは？」

ローランヌの問いに、ダッケルは応じなかった。

「そのとおりです」

と告げたのは、エレノアであった。その眼は閉じたまま、手首につながれたチューブは、アカシック・レコードをその肢体に注ぎ続けている。

「Ｄよ……幼い私がある貴族の牙にかかったとき……救ってくれたのは……あなたでした。その方法は口にいたしません。ですが、私の内部では……あの貴族とあなたの血がいまも流れています……」

「そのとおりだ……アカシック・レコードもそう告げておる」

ダッケルがヘルメットを脱ぎ、床へ叩きつけた。

「おまえの血を吸ったのは、偉大なる神だ……いまの私はわかる……おまえがいまのごとき存在になった理由もな……それは二人の相反する、そして絶対に分離し得ぬ運命のつながりの為せる業であった……Ｄよ……おまえは……いや、あなたさまは……」

声は沈んだ。

「ダッケル」

とローランヌが呼びかけた。

「男爵さま……その女の依頼を受けることは出来ますする……ですが、そうはいたしません……

私は……あの御方が……為そうとしたことを否定いたします。いま――ここで」

「何故だ⁉」

ローランヌが眼を剝いた。

「あの御方の目的が、貴族の根本を破壊するが故に……貴族はあくまでも貴族でなければなりません……」

「あの御方の目的とは何だ？」

答えず、医師は二人の被験者の方を見た。

「変われ……女よ……変われ」

彼は何かを試みたに違いない。エレノアが起き上がったのだから。

「およし！」

ケルトが発射器をエレノアから医師に向けた。

「いいや――続けなさい」

これがエレノアの言葉であった。

「……私にもわかる……あの方の望みが……けれど……それよりも私は……貴族でありたい。あの方よりも偉大な貴族の王に……いまの私にはそれが出来る。ダッケル――さらに多くの宇宙の記憶を」

大きくうなずいた医師の首が、血の帯を引きつつ宙に躍った。

「来るな！」

ケルトの武器はエレノアに向き直った。その両眼に紅いものが点った。エレノアの眼光であった。ケルトは床に倒れた。

「よさぬか、それはあの御方の望みとは違う」

ローランヌの叫びに、いまや別の存在と化したエレノアは哄笑を放った。

「もはや何者も止められぬ。たとえ、あの御方であろうとも」

凄惨ともいえる笑いであった。男爵とケルトが眼を見開いた。その瞳に映っているのは、エレノアではなかった。

それはふり向いた。

そのとき、こう聴こえたのである。

時という名の風よ
私を翼に乗せて行け
支配も哀しみも知らない先へ

口ずさんだのは——
誰かがタドニューブの村で歌っていたという。

その胸をDの刀身が冷え冷えと刺し貫いた。

「効かぬぞ、Dよ――たとえおまえが、あの御方の――」

切れた言葉は絶叫に変わった。のけぞった口から鮮血が噴出した。

「何故じゃ……Dよ……あなたはやはり……あの御方の……」

闇が辺りを包んだ。遙か遠い――宇宙の彼方に流れ去る苦鳴を、ローランヌとケルトは聞いた。

「ところで――私にはまだ用があるのよ」

「わかっている」

ローランヌは微笑を浮かべた。

「正直に言うと、君の言いがかりは本物だ。あの村で君の恋人を含む村人たちを串刺しにしたのは、この私だ」

「貴族にしちゃあ良心的ね。D――手を出さないで。もしも私が殺られたら、頼むわ」

返事はない。

代わりに嗄れ声が、

「時々出るあれかい――貴族の季節病。〝牙鳴りの時〟。どんな温厚な貴族でも本性の虜になる時期がある」

「理由にならないわ。わかるわね？」

　ローランヌは肩をすくめた。

「好きにしたまえ。だが、私にも守らねばならぬ民がいる。抵抗するぞ」

「好きにしなさい」

　発射器の弦が鋼糸と——空気を弾いた。

　ローランヌの胸に朱色のすじが走り、——消えた。

「残念だな」

　ローランヌは白い歯を見せた。その眼差しの奥で、ケルトは歯噛みしつつ、二発目を放った。

「おいおい」

　ローランヌのとまどいの口調は、次の切断糸が半ばまで食いこみ、止まったせいである。

「パワー不足だ」

　彼は腰のナイフを抜き放った。腕のひとふりで、それは砲弾に匹敵するパワーを、ケルトの体内にぶちまけるはずであった。

　その前に、ローランヌの身体は爆発した。

「武器屋ケルトの特別製〝燃える糸〟よ。一万度の高熱で焼かれるがいいわ。仇は討ったわよ、シュドウ」

　炎が絶えたとき、ケルトの眼には悲哀ばかりが溜まっていた。

「気が済んだか？」

とDが訊いた。

「ええ。なのに嬉しくないの。私が討ったのは、この土地の人々に慕われていた貴族だった」

「それを胸に抱いて行け」

Dは戸口の方へ歩き出した。


翌朝、二人は村を出た。

小路を街道へと右折する前に、Dはローランヌの城をふり返った。

カーテンの下りた窓がひとつだけ開いている。

その奥に、人影のようなものが見えた。

「誰じゃろうかの？」

左手がぶつぶつと言った。

「時折だが、貴族より息の長いダンピールがおるという」

返事はない。

ケルトが口ずさみはじめた。

　あなたはみんな奪(も)っていく
　生命も愛もぬくもりも

月に照らされた岩の頂に
ただひとつ残されたものがある
希望と人は言うけれど

Dはすぐに進み出し、そして、窓の向うの者は、静かにカーテンを引き終えるのであった。

『D－闇の魔女歌』（完）

# あとがき

Ｄシリーズの舞台は〈辺境区〉である。他の土地で活躍させたいという気はあるのだが、〈辺境区〉以外の土地がどうなっているのか、作者にも具体像がないのであった。

Ｄシリーズは最初から「西部劇(ウエスタン・ムービー)」といわれて来たが、それは正解で、となると当然、舞台も西部の大平原をモデルにしている。

西部の荒野がどんなものであるかは、いまあちこちで出ている廉価「西部劇」のＤＶＤを観てもらえばわかる。

いろいろあるが、私的には「ＯＫ牧場の決闘」（57）の導入部がいちばんいいと考える。馬に乗った三人の男たちが地平の向うから現われ、荒涼たる土地の中を黙々と進んでいく。目的地はアリゾナ州フォート・グリフィン。そこに滞在中の医師崩れの無法者(アウトロー)――ドク・ホリデイが彼らの獲物なのだ。

ディミトリ・ティオムキン作曲のテンポの良い主題曲に乗って黙々と進んでいく三騎が、実に孤独に見えるほどの大平原の広さはどうだろう。これが〈辺境区〉の原点である。

こんな話を持ち出したのも、今回のＤくらい、茫々(ぼうぼう)たる荒野が印象的な物語はないと思うからだ。

風吹きすさぶ荒野は、言うまでもなく登場人物たちの心象風景であるが、そこに生きる者たちの生命力も同時に謳い上げる。

滅びへ向かって突き進んでいるとしか思えないウィチャリー夫妻にしても、懸命に生きているのである。

この物語とともに彼らの旅も終わりを告げるが、D――と読者のみなさんの旅はまだまだ続く。いつまで？　それは作者にもわからない。

二〇二〇年六月十二日

「デイブレイカー」（２００７）を観ながら

菊地秀行

吸血鬼(バンパイア)ハンター㊲
D－闇(やみ)の魔女歌(まじょうた)

朝日文庫
ソノラマセレクション

2020年7月30日　第1刷発行

著　者　菊地秀行(きくちひでゆき)

発行者　三宮博信
発行所　朝日新聞出版
〒104-8011　東京都中央区築地5-3-2
電話　03-5541-8832(編集)
　　　03-5540-7793(販売)
印刷製本　株式会社 光邦


Published in Japan by Asahi Shimbun Publications Inc.
定価はカバーに表示してあります

ISBN978-4-02-264955-3